# うちの子育てはっけよい!

ダウン症がなんのその!?

大村由実

ごうちゃんと
えほん文庫の
歩み

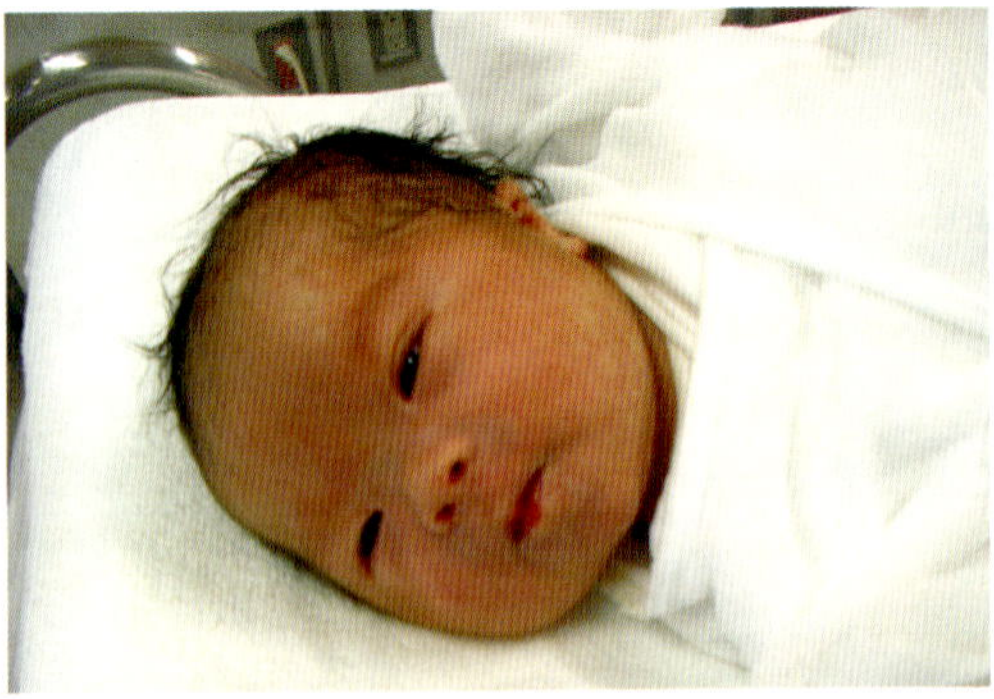

生まれてまもない
ごうちゃん

ライトアップしたシンボルツリー

絵本の本棚

えほん文庫　外観

えほん文庫　室内

2007年　ごうちゃん0歳

建前の日に

家を建て始めた頃

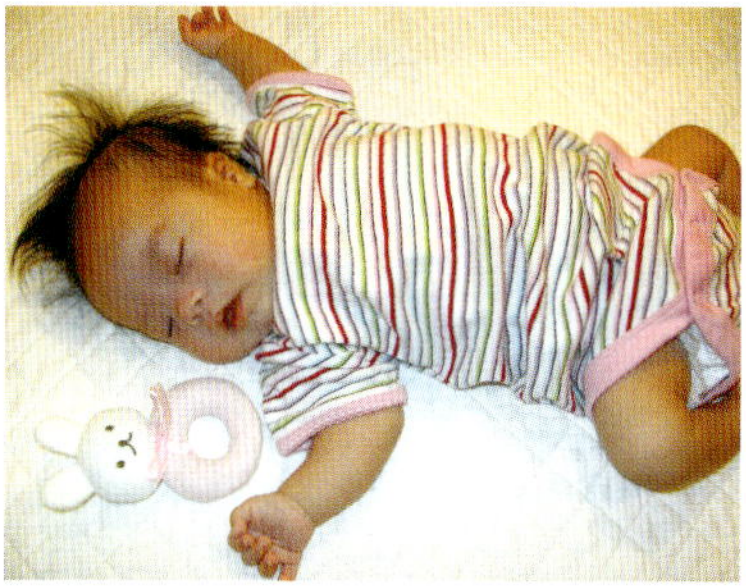

よく眠る　ごうちゃん

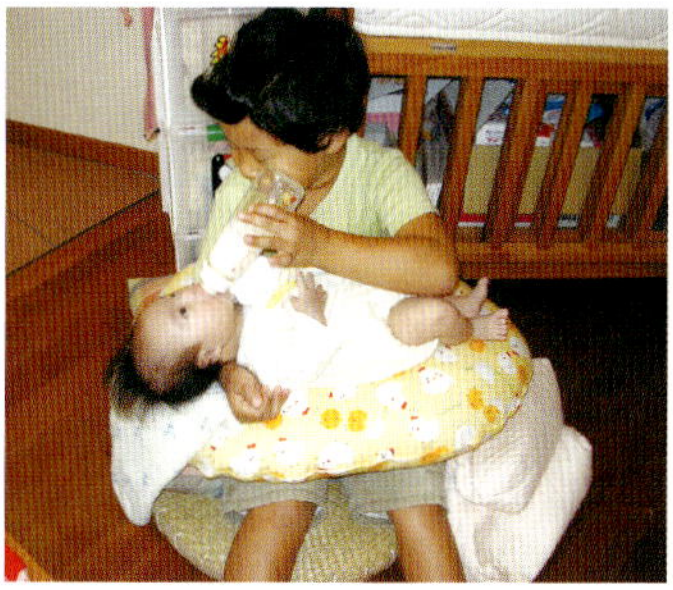

にいにがミルクを

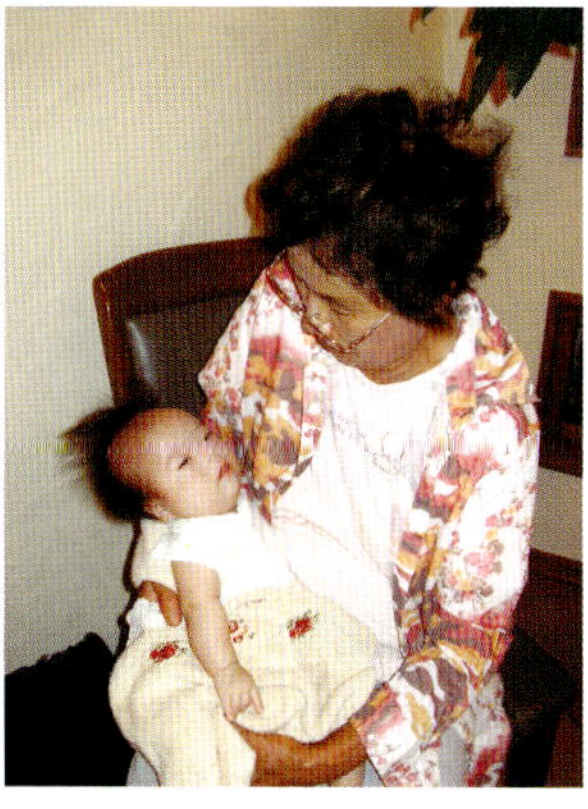

祖母とごうちゃん

おはなし会の様子

2008年　ごうちゃん１歳

近くの公園で

仲良し３兄弟

えほん文庫１周年イベントの日に

ねえねとごうちゃん

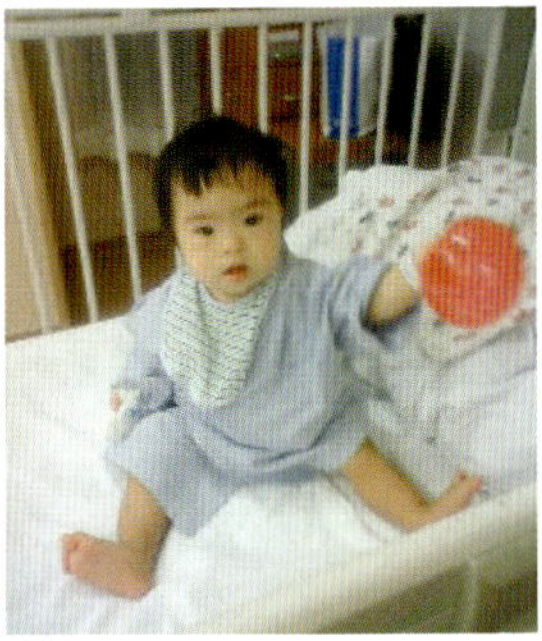

入院が多かった頃

お外でピクニック

2009年　ごうちゃん2歳

にいにの運動会で

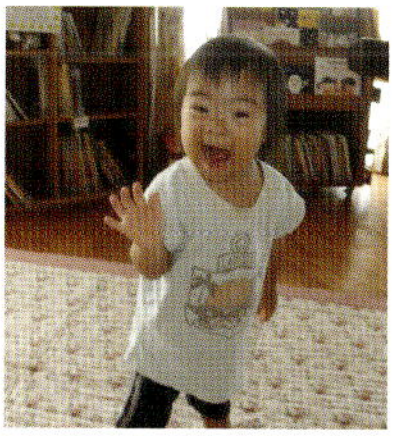

ごきげん
ごうちゃん

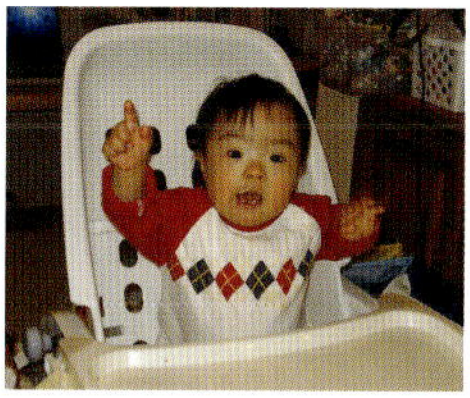

ごはんが好き

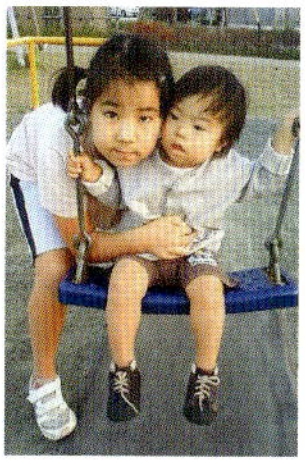

ねえねと
ブランコ

広島を訪ねて

造形博で

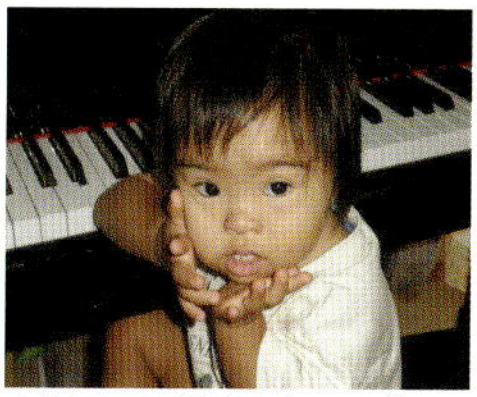

ピアノが好きです

ねえねと
仲良し

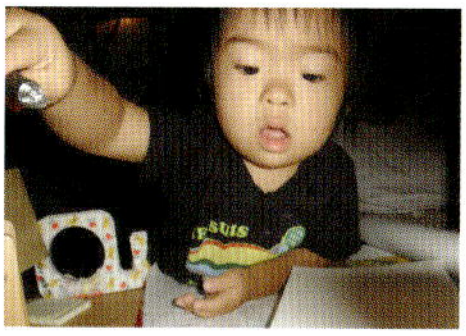

えほん文庫受付の看板息子

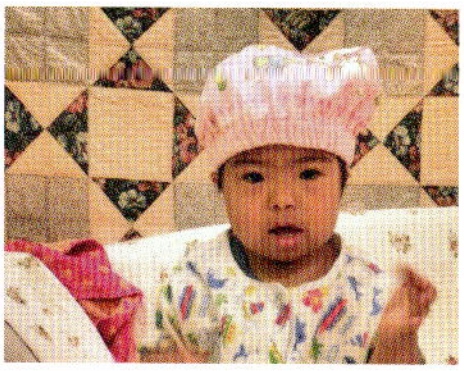

かぶりものが得意

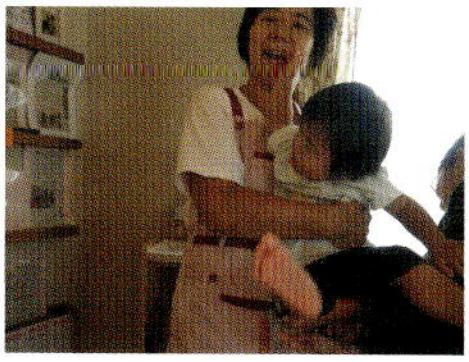

えほん文庫で
ママと一緒

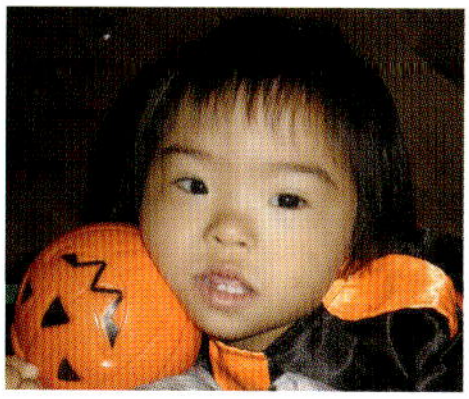

ハロウィンパーティーで

2010年 ごうちゃん3歳

ボールプールが
好き

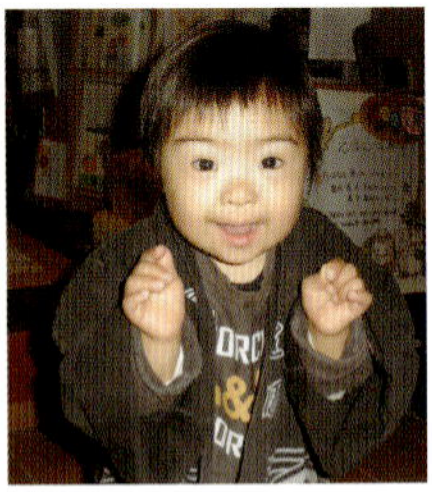

法被が好き

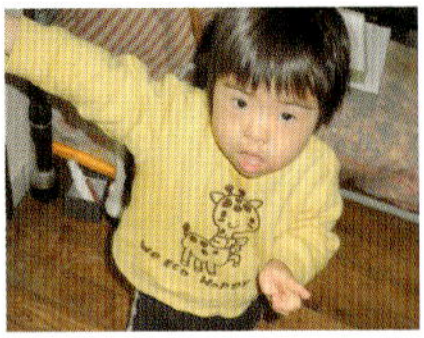

やんちゃになってきた頃

お祭り好きです

パパお手製のブルーシートプールで

浜松祭り

ディスニーランド旅行

七五三

2011～2012年　ごうちゃん4～5歳

にいにの学校で

パネルシアター大好き

ねえねと
一緒

プールでいたずら

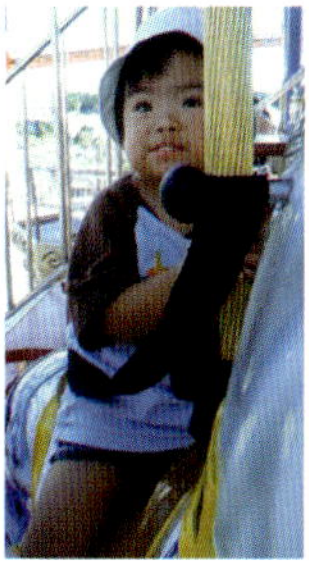

メリーゴーランドが
好き

浜松こども園の「きょう
だいの木」植樹祭にて

愛犬バニラとの散歩

2013年　ごうちゃん6歳

はっけよーい

のこった！

にいに大好き

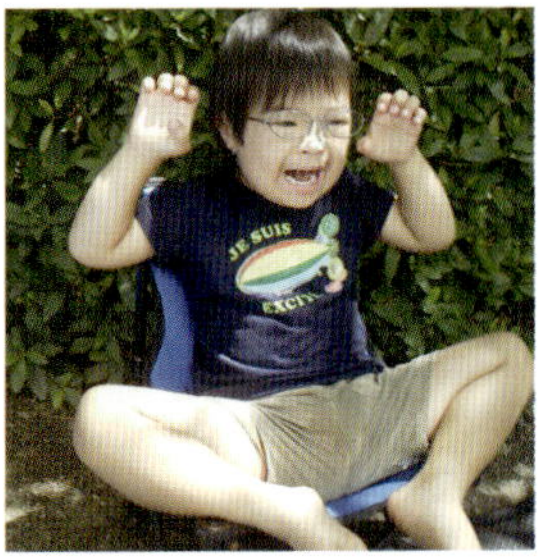


かいじゅうのマネ

小学校の入学式で

絵本が大好き

2014～2015 年　ごうちゃん 7～8 歳

ブランコ好きです

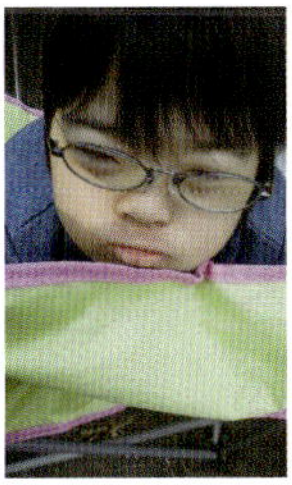

にいにの相撲の応援

お絵描きが好き

仲良しのクラスメートと

バリアフリーグッズの販売

2015 ピアノコンサートの開始

クリスマスコンサート

ねえね大好き

わらべうた遊びの会

クッキング講座

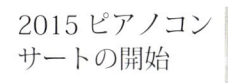

# うちの子育て はっけよい！ ダウン症がなんのその!?

**寄せ書き**　多くの方に本書の出版に伴って寄せ書きををお願いしましたので、順不同でご紹介させていただきます。

えほん文庫さん、
８周年おめでとうございます。
私も息子も大好きな絵本が
沢山あるあたたかい場所♪
初めての子育てで
分からないことや不安の中、
子どもとの時間を豊かにする
ヒントをもらえ、
楽しいひと時を過ごせ、
感謝しています。

**森本**

ダウン症のある娘を
出産したことが
えほん文庫さんとの出逢いでした。
由実さんをはじめ、
人と人とのご縁に心から
感謝の気持ちでいっぱいです。
この度のご出版、本当に本当に
おめでとうございます。

**田畑 房恵**

私にとって、
えほん文庫は
「ホットミルクティー」
みたいなもの。
心がほんわかして落ちついて、
でも甘すぎない刺激もあり、
沢山のまぁ～るい御縁をくれた
由実さんと子どもたちに
感謝します。
いつも寄り添ってくれて
ありがとう

**岩永 記江**

えほん文庫８周年＆出版
おめでとうございます！！
絵本の楽しさ、
想い溢れる空間のあたたかさ、
たくさんのステキな方々との出会い、
子どもたちの可愛らしさ、
どれも子育て中の私にとって
大切な宝物です。
いつもありがとうございます。
そして、これからも多くの方々と
繋がっていきますように☆

**あすか**

えほん文庫さんと
出会って5年目。
由実さんは出会った頃と
変わらずいつでも優しく
迎えてくれます。
ママの気持ちにいつでも温かく
寄り添ってくれる由実さん。
出会えたことに
心から感謝しています。

太田 絵美子

えほん文庫様8周年
おめでとうございます。
えほん文庫を訪れる
すべての人に分け隔てなく
注がれる太村ファミリーの
愛にどれほど多くの方が
癒され励まされたことでしょう。
もちろん私もその一人です。
いつも本当にありがとう。
何もお返しできずごめんなさい。
これからもずっとずっと
応援しています。

寺田　牧

娘が空へと旅立って
間もない頃、
娘に付きっきりだった私は、
何をして過ごせばいいのかわからず、
ここへ行けば何かあるかも!!
という思いと勢いのみで
門を叩きました。
おかげで今の私がいます。
ありがとうございます。

いっちゃんママ

えほん文庫は、
由実さんの welcome な
雰囲気に満たされていて、
とっても居心地がよく、
来館者の心を
癒してくれます。
素敵な空間を
ありがとうございます！
えほん文庫、太好きです

Kanameko

この度のご出版、
誠におめでとうございます！
何年か前
「いつか本を出したい」
と仰ってましたね。
太村さんの”実現しちゃうパワー“
次はどう来るんだろう？
私のワクワクは止まりません。
いつも遠くから
応援してます。

射場 優香

子どもの障がいの
あるなしに関わらず、
子育て中の女性が安心できる居場所、
それが「えほん文庫」。
ダウン症という個性を持った
ごうちゃんは
えほん文庫にいのちを吹き込み、
多くの人をつなぎ、
笑顔を増やすために
この世に来てくれたのですね。
この本の出版をきっかけに、
えほん文庫のような
障がいのあるなしに関わらず
親子が交流でき、
心安らぐ居場所が
各地で増えることと思います。
楽しみですね、由実さん！

**大村 美智代**

えほん文庫８周年
おめでとうございます。
息子の出産を期に
来させていただくようになり、
いつも笑顔で迎えてくださり、
ありがとうございます。
これからも絵本を通じて
たくさんのママたちが
笑顔になりますように。

**だいちゃんママ**

本の出版
おめでとうございます。
由実さんと剛輝くんとの
出会いで多くの笑顔が
増えていると思います。
私も、出会いに感謝しつつ・・
これからも、応援しています！

**石川 千栄**

由実さんの
暖かい人柄、
普段巡り会えないような
素敵な絵本の数々、
えほん文庫で
出逢った人たち、
全ての出会いに
感謝しています。
これからも応援しています。

**３人の息子の母**

えほん文庫に出会うことができ、
私は幸せが増えました。
いつでも誰でも受け入れてくれる
由実さんの優しい空気。
様々なジャンルの中身の濃い講座。
みんなが癒される場所ですね。
いつもありがとうございます！

**辻村 幸穂**

木のぬくもりと
いつでも温かく迎えてくれる
あの空間は、
由実さんそのもの。
多くの出会いの場であり、
安心できる居場所であり、
エネルギーチャージできる場所。
今後さらにみんなにとって
大切なパワースポットと
なりますように。

たかやん

この度は、
ごうちゃんと共に歩んできた
えほん文庫８周年及び、
本のご出版
おめでとうございます。
今日までご苦労が
あったかと思いますが、
常に前向きで輝いていて
眩しいです。
今後の更なるご活躍を
祈念いたします。

大石 はるみ

えほん文庫、８周年、
そして、ご出版
おめでとうございます。
あれから８年になるんですね。
由実さんとご主人の
夢プランは、
お子さまたちの成長とともに、
着実に実を結んでいると思います。
これからも、遠方からですが、
応援させて頂きます。

櫻井 祐子

真摯に緩やかに話す
由実さんから
“伝えたいことは
こうして伝わってる！…
拡がっている！”
ことを学んでいます。
続けていらした
これまでの日々に
強さを感じ、
両腕を広げて待ってくれている、
えほん文庫に
感謝しています。

村井 理恵

えほん文庫さん
開館８周年
おめでとうございます。
ご縁あってイラストを
使っていただき
本当に感謝しています。
ご自宅のシンボルツリーの
檜のように見事な枝を広げ、
これからも
地域の交流の場として
ご活躍ください。

るっこら

ダウン症児を授かったばかりの
若いお母さんにとって
『えほん文庫』は光りです。
『天使からの贈り物』
リーフレットは、
「静岡ダウン症児の将来を考える会
浜松グループ」の
紹介時に活用させて
いただいています。
これからも
温もりのある活動を
続けていってください。

藤下 弘美

えほん文庫さんに行くと
ホッとします。
由実さんはそこにいて、
あるがままの私を受け入れ、
優しい声で
話しかけてくれるからです。
ここにある絵本と 人が繋がって、
人と地域が繋がって、
優しい輪が
益々広がりますように。

鈴木 千鶴

８周年、
おめでとうございます！
えほん文庫は、
たくさんの絵本に囲まれる中、
大村家の想いがつまった
優しい空間です。
ここで感じたぬくもりは、
いつまでも皆の心に
残っていくことでしょう。
心より、感謝いたします。

松井 世利子

他県から越してきて、
子育てや周りの環境などに
苦悩していた時に
えほん文庫に出会い、
由実さんの
親身な姿勢と優しさに
救われ
今の私が此処にいます。
由実さんの
えほん文庫にかける
思いが伝わって、輪になって、
どんな子もどんな人も
手に手を取り合って
協力しあえる
優しい世の中になりますように☆

神原 和恵

子どもの寝顔を見たら
気持ちが穏やかになり、
笑顔を見ていると
疲れが吹き飛びます。
剛くんを育てた
由実さんに拍手を贈ります。
母親が生きがいをもって生活すると
子どもの心が
安定します。

松井 孝彦

えほん文庫８周年と本の出版、
おめでとうございます。
また新しいページが
開かれるのですね。
これからも
音楽でご一緒できることを
楽しみに、そして、由実さんの
益々のご活躍も
楽しみにしております。

岡　留美

小学校の
読み聞かせグループで知り合い、
ごうちゃんとも
出会えたおかげで
親しくさせて頂いています。
大村さんの行動力には
感心するばかりです。
これからも、
沢山の方が笑顔で集える、
えほん文庫さんに
なります様に。
８周年
おめでとうございます。

森上 知子

由実さんとの出会いは、
「えほん文庫」ができる
前でしたね。
夢が現実になる！と
嬉しそうに話してくれた
由実さんを見て、
私までワクワクしたのを
覚えています。
皆が癒される憩の場所に
なりましたね。
また癒されに行きます！

今泉 菜子

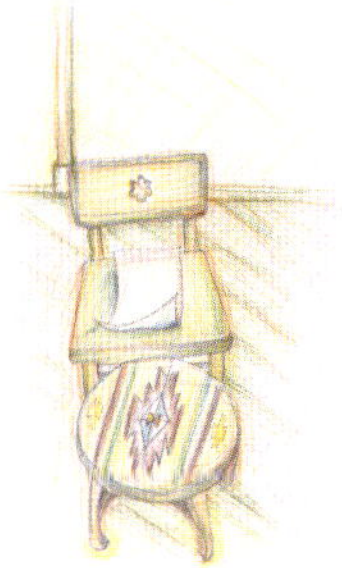

由実さんの 人柄の良さ、
えほん文庫の居心地の良さ、
人との出会い、
図書館にはない本。
えほん文庫を通じて、
子育ての世界が広がったように
思います。
ありがとうございます。
これからも
よろしくお願いします。

ぴーたん

えほん文庫のオープンの日、
あたたかな眼差しの奥に
強い意志を感じたときから、
ずっと応援していこうと
思いました。
家庭文庫が衰退している今、
たくさんの親子の
居場所になっていることが
とてもうれしいです。

ぴよぴよ文庫　村上　節子

えほん文庫が、これからも、
子どもたちと絵本の
うれしい出会いの場で
ありますように。
また、障がいの有無にかかわらず
ひと　ひととの温かい
交流の場で
あり続けますように。
大村さんのパワーに
感謝しています。

この本だいすきの会　須山　千佳代

８周年＆出版
おめでとうございます。
剛ちゃんが繋いでくれたご縁、
息子もダウン症だから、
いただけたこのご縁に感謝です。
「人生全てに無駄はなし」
著書にはそんなお話が一杯だと
思うとワクワクします。
これからもどうぞ、よろしく。

水戸川　真由美

由実さんと出会ってから20年。
いつも何事にたいしても
真っ直ぐで、一生懸命な姿勢が
ありました。
個性的な３人のこどもたちも
逞しく成長し、
念願だったえほん文庫は
今や地域のオアシスです。
由実さんの一生懸命に
さらなるエールを送ります。

池ヶ谷　桂子

えほん文庫は出会いの場。
ご縁が繋がり、
素敵な仲間が増えて行く場所です。
由実さんがいつも寄り添って
講座の活動を助けてくださる事に
心から感謝致します。
これからも由実さんと
えほん文庫の活動を応援します！

利江子

# はじめに

「赤ちゃんに、ダウン症の疑いがある。」と告知を受けた、八年前のあの夜。多くのママたちが新しい命の誕生で幸せに満ちていたあの産科病棟で、世界中の不幸をすべて背負ったように思って一人ぼっちだった私。事実を受け止めるべく葛藤しながら、その三か月後に開いたえほん文庫。

これまで私を支えてくださったすべての方に感謝を込めて、そして今、子育て中のママたちにエールを送りたいと願って綴りました。

私がえほん文庫を開いたことで、この八年間に出会ったさまざまな障がいや、病気をお持ちのお子さんのママたちの想いも知っていただきたいと願っています。未来の社会が障がいや病気のあるなしに関係なく、共に支え合える社会になりますように。

二〇一五年十一月

えほん文庫主宰　三児の母　大村由実

# 目次

## 第二部　エッセイ・コラム集

# 第一部

# ごうちゃんとええほん文庫

## ごうちゃんとえほん文庫の誕生

昭和四十年二月に私は浜松市中区で、一つ違いの兄がいる家庭に生まれました。近くのモダンバレエの教室に三歳で通い始めたきっかけは、生後まもなく小児科医の先生に股関節脱臼になりぎみであることを見いだされたことでした。足腰を鍛えることをさせたいと思った母は、歌と踊りが好きだった私を、近くにあるモダンバレエのお教室に通わせ始めました。

そのため中高生時代までは、私はバレエを踊ることを生きがいに思う少女でした。しかし高校三年生の時に、バレエの資質・音楽のセンスがないことを自覚して断念。高校卒業後は、銀行員として自宅と職場を往復する毎日を過ごしました。

ある時、先輩から挨拶の声を褒められたことから自分の声を生かしたいと思うようになり、視覚に障がいのある方のための録音図書を作るという夢を持ち、銀行を退職。上京して俳優養成塾に一年間通い、朗読と演劇を基礎から学びました。

その後、静岡市で開催された障がい者と健常者が一緒に作り上げる初めての市民ミュージカルのオーディションを受けましたが、審査結果は落選。ところが審査員だった演出家の先生から後日連絡をいただき、朗読と演劇を融合した「朗演エトピリカ」というグループでの活動に誘われたのです。そしてそれからの十年は、東京・三島・静岡・浜松での定期公演の他、浜松の小学校・中学校・福祉施設・高齢者施設などでも、出張公演をしました。

その活動の中、公演がきっかけで知り合った夫と結婚。子育てを始めた私は、独身の時から集めていた絵本を、子どもたちに読み聞かせることを始めました。この頃から、えほん文庫オープンへとつながる絵本との関わりが始まったのです。

## よみがえった約束

今から九年前、長女が小学生、長男が幼稚園の年少さんになり、アパート暮らしを手狭に感じてきた頃。いつか自宅を新築する夢を持っていた夫に「そろそろ家を建ててほしい」と言ってみたところ、夫も賛同。自宅の新築を考えることになりました。

そして、どんな家を建てようか？　一生に何度も家を建てることはきっとないんだから、自分たちらしい家を建てたいと考えた時に、ふと思い出したことがありました。

それは夫と結婚前に交わした約束のことです。まだ、お付き合いを始めたばかりの頃。ドライブ中に「ほしいものは何？」と聞かれました。

当時、語り（一人芝居）の活動をしていた私は「ホールがほしい！　語りができる小さなホール！」と言いながら、内心では夫（当時はまだ恋人でしたが）は多分驚いて「何を言ってるの？　そんなの無理だよ。」と言うだろうと思っていたのです。ところが、「うん。僕もほしいと思っているよ。ビルを建てて、歌の練習ができたり、ミニコンサートができるような部屋を作るつもり。そこで家族みんなで暮らすんだ。」と即答したのです。

その答えに驚いたのは私のほうでした。助手席にいた私が目を丸くして、運転している夫を見つめたことを覚えています。もう結婚するのは、この人しかいない。と確信した瞬間にもなりました。

ところがそんな大事な約束も、十年の結婚生活の中で、記憶の彼方に埋もれてしまい、忘れ去ってしまっていました。

その約束のホールが、自宅を新築する際の夫のデッサンに描かれており、奇跡だと感じました。それが、えほん文庫を作る第一歩になったのです。

## ごうちゃんが誕生するまでのわが家

私は、ごうちゃんが誕生するまでは、小学一年生の長女と幼稚園の年少組の長男の子育てをする普通の主婦でした。

思えば、三十代半ばから子育てを始めて、独身時代に夢中になっていた語りの活動も難しくなり、それまでの自分を見失い日常生活に埋もれ、主婦として母としての評価も特にない暮らしに、息苦しさを感じていた頃でした。

だから自分の代わりに子どもで自己実現しようとしたのか？　教育熱心な母としてひた走っていたように思います。

それはなんだか違う、自分らしく生きたいと思い始めた頃、長女が幼い時に一緒に行った図書館でのおはなし会の風景がよみがえってきて、「絵本の読み聞かせをする人になりたい！」という新しい夢がふつふつと湧いてきたのです。

## 絵本の読み聞かせをしてみたい！

図書館で読み聞かせができるのは、職員にならないとできないのでは？　と思いこんでいたのですが、ある時、その夢を少し年上の友人の桂子さんに相談したことがありました。そうしたら、「とにかく図書館主催の読み聞かせボランティア養成講座を受けなさい。」との助言がありました。浜松市では、この講座を規定以上出席して、修了証がいただけたら、図書館やなかよし館で読み聞かせをするという資格が与えられるのです。

さっそく、図書館で行われる講座に申し込みましたが、「絵本の読み聞かせ」が注目されていた時で、応募者多数のため、抽選会が開かれました。

祈るような気持ちで、抽選で私の番号が呼ばれることを、かたずをのんで見守りました。心のなかで、子どもたちの名前を唱えながら、様子を見守りました。すると、なんと四人に一人の難関の中、当選！　講座受講のチャンスが与えられることになりました。その後、家族の応援を得て、定期的に行われる講座に毎回欠席することなく通いました。

この講座は、絵本について基礎から学ぶことができ、毎回毎回学ぶことが沢山あって、とても楽しい講座でした。そして修了証をいただいた後、図書館やなかよし館で活動することになりました。

　同時に、長女が翌年から通う小学校の読み聞かせボランティアのメンバーにも入れていただき、勉強のために先輩ママたちの読み聞かせを見学させていただくようにもなりました。

## 家庭文庫って何だろう？

　幼稚園に通っていた頃のこと。千葉県に住んでいる母の姉の家を母と兄との三人で訪ねたことがありました。若い時から通訳をしていた伯母は、結婚後、自宅の一室で近所のお子さんたちに英語を教えていました。

　そして、子どもたちが英語を勉強した帰りがけに、下駄箱の上に置いてある本を借りていっている光景を見たのです。その時に「図書館の人が月に一回、本の入れ替えに来ている」と聞いたように思います。それから三十年くらい経ち、自分たちが自宅を新築するという時になって、その出来事が脳裏によみがえってきたことが、えほん文庫を始める大きなきっかけになりました。でもその時は、それが「家庭文庫」ということも知らなかったのです。

　ある日のこと、近くの図書館に出向いて「図書館の本や絵本を私がお借りして、それを近所の親御さんたちにお貸ししたいのですが」と切り出すと、職員さんは困ったような顔になり、「それは、又貸しというのではないですか？　以前も問題になったことがありますよ。」とおっしゃったのです。

その説明に納得できなくて、残念な気持ちになりながらも、「それはそうですよね。」と帰ることにしました。

一緒に行ってくれたお友だちと、図書館の出口から出て「又貸しって言われちゃったよ。」と気落ちしながらしばらく歩いていたその時です。

「待ってくださ～い。それは、家庭文庫のことですか～？　それなら、詳しい職員がいるので、戻って聞いていってください。」と息をきらして職員さんが後ろから走ってきました。

初めて耳にした「家庭文庫」という言葉に、首をかしげながらも「そうかもしれない。」と不思議に納得しながら戻り、他の職員さんからお話を伺うことになりました。そこで、「はままつ文庫の集い」という団体があり、浜松市内には当時六～七軒の家庭文庫が存在しているという資料を見せていただき、家庭文庫について知ることになりました。

そして、お勧めの絵本を手渡しできる場所として、新築した家の一室を開放して家庭文庫を作ることが私の夢になりました。

そして、少し年上の友人の桂子さんに「私、家庭文庫を始めようと思うんです。」と意気込んで話したところ、「あら～！　私、ほとんどの方を知ってるわ。一緒に一軒一軒伺って、家庭文庫について教えていただきましょう。」とおっしゃったのです。

これはどういう流れなのか？　私は本当に驚き、そして導かれるように家庭文庫を開くために前進していくことになりました。同時に、近くの書店にお願いして、月に一回おはなし会を開催、一年間実践しながら、絵本の勉強を進めることができたのは、長女が通う小学校の二人の読み聞かせの先輩ママたちのサポートがあったおかげでした。

## 祐子さんと出会う

祐子さんとの出会いがなかったら、えほん文庫は実現したかどうか、とても疑問です。祐子さんとは浜松中央図書館主催の読み聞かせボランティア養成講座を受講した際に出会いました。

ご主人の転勤で浜松にいらしたばかりだった祐子さんは、転居前の東京ですでに読み聞かせを長年していました。先輩として祐子さんから絵本の読み聞かせの仕方を実践で教えていただく機会を持てたことは、私にとって大きな財産になりました。

祐子さんから丁寧な指導を受けながら、私は市内の図書館・なかよし館・小学校・書店などで、読み聞かせを実践していきました。そして、この本だいすきの会　中野支部（東京都、本部は千葉県市川市）で代表者だった祐子さんの「この本だいすきの会　浜松支部を立ち上げたい」という想いに賛同して、創立の時からメンバーになりました。

そして「その会の定期的な実践の場としてえほん文庫を活動場所にしたい」というお申し出をいただいたことは、えほん文庫の活動が定着するためにとても大事なことでした。

一方、えほん文庫の活動は当初から「障がいのあるなしに関わらず利用していただきたい」と強く望んでいた私ですが、特に知り合いもなく、どうしたら障がいのある方にも利用していただけるか思案に暮れていましたが、そういうことについては何も思いつかずに日々が過ぎていきました。

## 絵本で子育てしてみたい！

家庭文庫を開く夢を見ながら、絵本についての勉強を始めるようになると、うちの二人の子どもたちにものすごい勢いで絵本を読み聞かせるようになり、もっと赤ちゃんの頃から読んであげていたら良かったな～と思うようになりました。密かに、もう一人赤ちゃんを授かっていっぱい絵本を読んで育てたい！　と夢見るようになっていきました。おはなし会で多くの赤ちゃんと接することが多くなったことも、赤ちゃんがほしいと思う要因になったのだと思います。

ある時、小学一年生の長女と幼稚園の年少組になっていた長男が申し合わせて、私に話があると切り出し、「赤ちゃんがほしい！」と言ったのです。

すでに四十代になっていた私ですが、私自身がもう一人子どもがほしいという希望を持っていたので、子どもの希望でもあるし、これまで優しくしてくれた夫へのプレゼント！という気持ちもあって、子どもたちの願いを快諾したのでした。

そして、念願叶って自宅完成と同時に誕生した、私の三番目の赤ちゃんにごうちゃん（剛輝）という名前を付けました。

## ごうちゃんの誕生

ごうちゃんは誕生（二〇〇七年八月六日）して4日目にダウン症の疑いの告知を受けました。それは全く青天の霹靂でした。

その告知を受けた夜から、障がいを受け入れるまでの心の変化を二〇一一年にブログに連載しました。時間が経過することで私自身、その当時のことを忘れてしまいそうになったからです。

『ごうちゃんを授かって（ダウン症って何？）』と題して八話の記事に分けて自分の思いを綴り、ブログで発信しました。ブログの記事を引用します。

# No.1 告知

二〇〇七年八月に、わが家の第三子として、ごうちゃんは大学病院で生まれました。帝王切開で生まれたので、私が術後の痛みと闘っていた四日め、お昼前に小児科の医師が病室を訪れました。

そして「昨日、赤ちゃんを診察した医師です。今日、自分は当直だから、何時になってもかまわないので、ご主人と一緒に赤ちゃんのいる部屋にいらしてください」とおっしゃいました。

私一人には話さないということに、事の重大さを感じ取った私は「それは、命に関わる重大な問題ですか?」と聞きました。「重大・・・う〜ん、命には関わらないけれど大事なことです。」とのこと。

医師が去ってから私はなんだかわからない不安でいっぱいになり、涙が溢れて止まらなくなってしまいました。泣きながら頭の中はぐるぐるしていました。(命に関わらないんだから、何かなあ?)(耳たぶの形が上の子どもたちと少し違うから、耳に何か問題があるのかなあ?)そのくらいしか思い当たることはなかったのです。

夫に連絡すると「とにかく、先生の話を聞かなきゃわからないよ」と言われましたが、私は夫が夜、病院に来るまで何が悲しいのかもわからないままに涙が止まらずに夫を待っていました。夜になり、夫が病室に来て、すぐに赤ちゃんのいる部屋で小児科の医師のお話を伺いました。

それは「ダウン症の疑い」の告知でした。

ダウン症って何？

その言葉さえ何も理解できなかったところから、ごうちゃんの子育てが始まったのです。

## No.2　絵本の読み聞かせが有効！　私にぴったりの赤ちゃん⁉

小児科の医師からの「ダウン症の疑いの告知」を受けて、すぐに病室に戻った途端、夫は持っていたノートパソコンを開いて、「ダウン症って何だろう？」と言いながら検索しました。ただぼーっとしている私に、夫はインターネットで検索して最初に出た記事を読み上げました。

それは「絵本の読み聞かせが有効！」だったらしく、「ママにぴったりの子が生まれたね！」と明るい声で言いました。私はそんなことを言われても、と戸惑うばかりでした。

医師の説明によると、ダウン症の疑いは、顔だちと全身の筋肉の柔らかさでした。

顔だちなんて言われた私は、いきりたって「八つ上のお姉ちゃんにそっくりです！」と言い切りました。

先生は「では、ダウン症の特徴に似ているだけかも？　ただ血液検査をすれば三週間後に結果が出ます。調べるのは親御さんの意志で決めてください」と話されました。

私たちはその場で調べることに同意しました。

その後の三週間は心が翻弄し続けました。ダウン症かもしれない。でも筋力もけっこうあるし、間違いかもしれない。という考えの間を行ったり来たりして、ごうちゃんと二人きりの昼間はカーテンを閉め切って、隣に住んでいる義理の母にもごうちゃんを抱っこさせずに、涙腺が壊れてしまったようにただ涙々のまま閉じこもっていました。

そして三週間が過ぎ、「結果が出ましたから、ご主人と一緒に病院にいらしてください！」と電話がかかってきました。電話口で結果を告げない態度から、もしかして悪い知らせだと察しましたが、自分を励ますためにも信じることができませんでした。

翌日、病室に入った私たちに先生は、ごうちゃんの染色体の写真を見せながら話し始めました。

「人の染色体は二本ずつ二十三組あり、それぞれに番号が付いています。残念ながら、ごうちゃんはその二十一番目が三本ありました。二十一番目が一本多いことからダウン症は21トリソミーとも呼ばれています。」

私は自分の身に降りかかった事実に唖然としました。ちゃんと受け止めよう！　と思いつつも弱い自分もいて、どこか人ごとのように感じたりもしていました。そして人生の哀しみを自分一人ですべて背負ったようにも思われました。

## No.3 「不幸中の幸い」という言葉

ごうちゃんがダウン症と確定され、事実をちゃんと受け止めようと思う心と逆に事実から逃げたいという気持ちとの間でしばらくは揺れていたように思います。告知した医師の言動に、怒りをぶつけたい気持ちは現実逃避の気持ちからだったのかもしれません。先生が私を見つめる憂いに満ちた表情や「不幸中の幸いにも、内臓には疾患がありません」と言われた言葉に、これは不幸なことなんだと思わされて、哀しみのどん底に落ちていったのだと思います。

その時になって初めて妊娠中のことを思い出していました。

初めて妊娠を確認してくださった先生が「おめでとう！」というよりも「四十代の出産はリスクが高いですよ！」と困ったような顔をして言ったことを思い出しました。

今思うと、先生はダウン症のある赤ちゃんが生まれる確率が高いことを心配されていたのです。「二十代、三十代の出産は千人に一人、四十代になると確率が上がって、四百人に一人にダウン症のある赤ちゃんが生まれる」とのことでした。

その時にはまさか私が四百人の一人に選ばれるなんて思いもしなかったのでした。四百人中の三百九十九人は普通の赤ちゃんなら、私は大丈夫！と、なんとか自分を納得させてしまい、不安には思わなかったのでした。ごうちゃんも私たち家族も、妊娠中に気が付かなかったことは本当に幸いなことでした。万が一にも気が付いて、ごうちゃんが生まれな

いようにしていたとしたら、今の私の幸せはないからです。

私は、ごうちゃんが私たち家族の一員として生まれてきてくれたことを心から感謝しています。

写真は、何回めかの入院中のごうちゃん（二歳頃）です。感染症に弱く、ちょっとした風邪があっという間に重症化し肺炎となってしまうのです。でも病院の入院看護のおかげで二、三日で回復！　早く退院して、おうちに帰りたくなるごうちゃんです。

## No.4　「お腹の中にいる時にわからなかったの？」という言葉

そういえば、妊娠中に先生が気になる言動をしていたことを、その頃になって思い出していました。毎回、検診にかなりの時間をかけてじっくり観察されていたのですが、ある時モニターに定規を当てて何回も何かを測っているので心配になり聞いたところ、「頭の輪郭が二重に見える。輪の差が三ミリ以上あるとダウン症です。う〜んでも二ミリだから大丈夫」とのことでした。

私は上の二人の子どもには全く言われたことがなかったことだったので、なんだか引っ

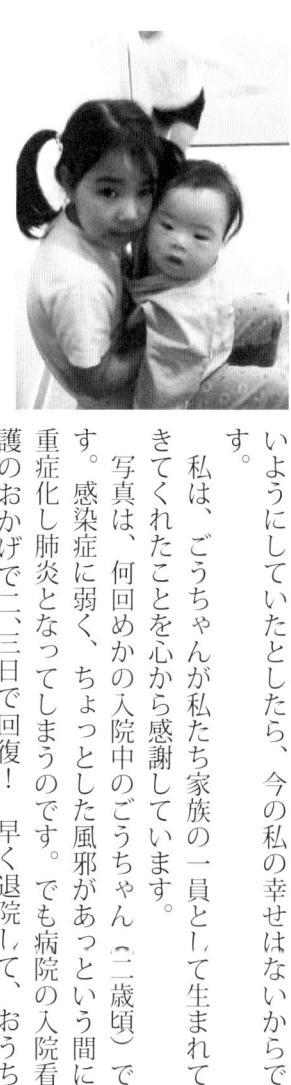

かかりましたが、まあ大丈夫なんだろうと、ダウン症について調べることもしませんでした。

安定期に入ると、「羊水検査をすれば、ダウン症かどうかわかります。でも帝王切開を二回しているから、子宮に針を通すこと自体がかなりの危険を伴います。」と羊水検査をするかどうかを尋ねられました。

夫とも話し合い、「危険なら、しないでください！　わかったところでどうするかの選択のほうが難しいから」と検査を見送りました。夫は、どんな子が生まれても大事に育てると約束したことを、ダウン症の告知を受けた時にすぐに思い出したらしく、動揺する私とは対照的に、「約束してたから」と動じることもなく受け入れてくれたのでした。

私はダウン症の告知を受けてから、そういえば、と妊娠中の先生とのやり取りの中にダウン症の兆しがあったことに初めて気が付いたのです。のん気な私は幸せなことに、全く心配することなく出産の日を迎えたのでした。

ごうちゃんを連れて出かけられるようになってから、私は自分から「ダウン症なので発達がゆっくりなの。」と先に言うことにしています。そしてママさんたちからかけられた沢山の温かい声の中に混じって、私にとっては哀しく感じられる言葉もありました。

それは「妊娠中にダウン症ってわからなかったの？」という言葉です。私はわからなかったけれど、でも、わかっていたら、どうすればよかったと言いたいのでしょうか？　わかった時点でどんな判断をしていたら良かったと言いたいのでしょうか？

何気ない言葉が人を深く傷つけるということは、私も当事者になるまでわからなかったことでした。

## No.５　天国の会議で決まったこと

妊娠中のことを、何が悪かったのだろうか？と悶々と考え続けていた私ですが、ダウン症というのは受精の瞬間に決まってしまうことです。何も悪いことはしていないし、誰にでも同じ確率で起こり得ることなのです。

医師からダウン症確定の告知を受けた時に「この三週間にダウン症関係の本を、本屋さんや図書館で沢山読みましたか？」と聞かれましたが、私は全く読んでいませんでした。

筋力が弱いためにミルクの飲みの悪いごうちゃんの育児に明け暮れて、また産後の自分の体力回復と心の葛藤の波にもまれて、またインターネットも繋がってなかったので、何も情報を得ることなく過ごしていたのでした。

私はダウン症というのは、どこか体の機能がダウンしているという意味だと解釈していて悲しい気持ちに落ちていったのですが、障がいについて最初に論文を発表した医師の名前、Ｊ．ラングドン・ダウン氏から名付けたものだと知ったのは、先輩ママさんが手渡してくださった本を読んだ時でした。

ダウン症と告知を受け数日後、ふと読み聞かせグループの先輩で発達学級に通っている

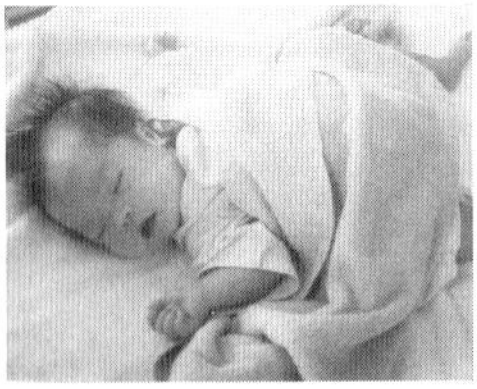

Yちゃんママに連絡してみようと思い立ち、知り合いのママさんから連絡を取ってもらいました。すぐに携帯に電話が入り、「近いからすぐ行くね」と言って間もなく駆け付けてくださって、三冊の本を手渡しながら、「大丈夫だから！」と何回も繰り返し言ってくださいました。

そして、Yちゃんママは不思議なことを口にしました。「天国の会議で決まったことだから」と言うのです。

私は冗談かと思いましたが、真剣な表情で言い続けられました。そしてYちゃんにダウン症があるということを初めて知ったのでした。

「この本の中にも書いてある！」と言って見せていただいた本は百人のダウン症児の家族が実名写真入りで書かれた『ようこそダウン症の赤ちゃん』（日本ダウン症協会（ＪＤＳ）編著、三省堂）という本でした。本の巻末に収録されている詩『天国の特別な子ども』（Edna Massimilla作　大江祐子訳）を読んだ時、溢れる涙を止めることができませんでした。不幸を背負ったという感覚から、私が、私たち家族が、選ばれた！　というプラスの感覚に変わった瞬間でした。

その詩は「会議が開かれました。」で始まります。私は半信半疑で読み進めましたが、だんだんに明るい希望の光が見えてくるのを感じました。

本当に私が覚悟を決めたのは、夫から上の二人の子どもたちに赤ちゃんがダウン症であることを告げ、この詩を読んでもらった時のことでした。一緒に聞き終えた小学二年生だった長女がやおらすっくと立ち上がり、敬礼し天を仰いで「かしこまりました」と言ったのです。その瞬間に私は、ごうちゃんを育てていく覚悟を決めたのでした。

## No.6　福児（ふくご）という考え方

『ようこそダウン症の赤ちゃん』という本は、百名のダウン症児を授かった家族が綴っていて、その中の一編に『福児（ふくご）』と題された、野上昂城君のお母さんが書いた作文がありました。それには『こういう子は昔から福児といって、大切に育てると家が栄えるんやって。きっと家族が団結して、なにごとにも一生懸命になるからやと思うで」と、実家の母は、はげましてくれました。迷信なんて信じないけど、この子たちが幸せを連れてくるのは事実です。』と書いてありました。これを目にした時に、まだ生後一か月にも満たないごうちゃんを抱きながら私は泣きました。

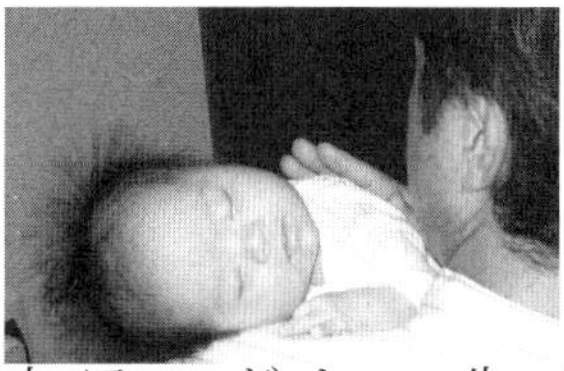

幸せを連れてくるなんて本当かなあ？　まだ全く信じられない心持ちでしたが、なんとなく勇気がふつふつと湧いてくるのも感じていました。障がい児の母となって初めて知った考え方でした。

Yちゃんママが持参された本は三冊あり、他に絵本『わたしたちのトビアス』（ヨルゲン・スベドベリ（著）、セシリア・スベドベリ（編さん）、山内清子（翻訳）、偕成社）と『ダウン症の子どもたち』（茂木俊彦（監修）、

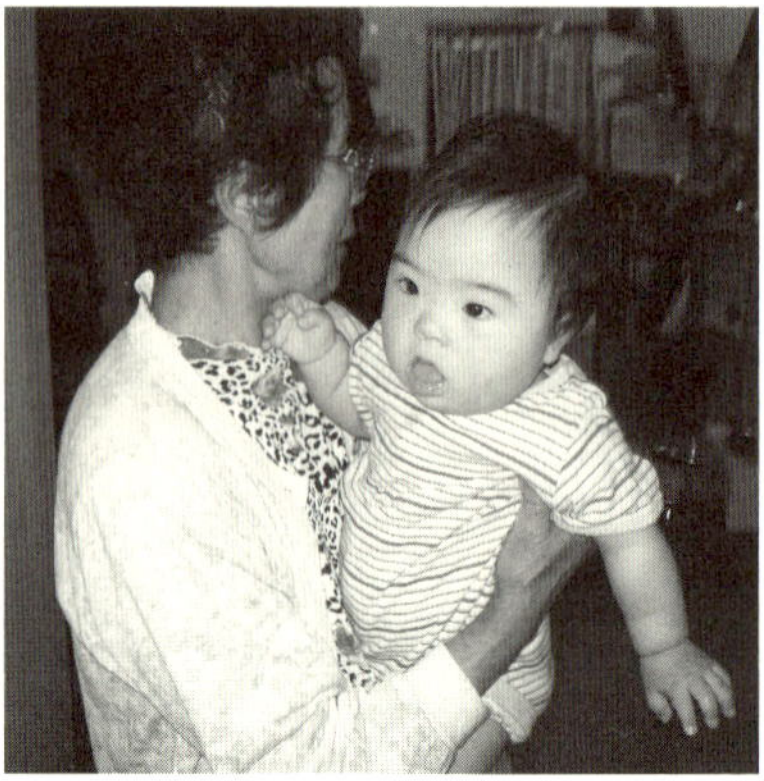

池田由紀江（編）、稲沢潤子（文）、オノビン＋田村孝（絵）、大月書店）がありました。このどれもが私が必要としていた本でした。

『わたしたちのトビアス』はスウェーデンのダウン症児を弟に持つ兄弟四人とママが書いた絵本です。とてもシンプルな絵ですが、障がいがあるなしに関わらず一緒に生きていくにはどうしたらいいか？　子どもたちにも考えさせるような内容になっています。

私は当時小二の長女の周りのみんなにも、ごうちゃんがダウン症であることを正しく理解してもらいたかったので、この本を子どもが在籍しているクラスで先生に読んでいただきました。先生はあえて絵を見せずに朗読をされたようです。

長男が通っていた幼稚園でも先生方に正しく理解していただきたかったので、担任の先生に手渡し他の先生方にも回覧してくださるように頼みました。

この三冊の本との出会いが、私が前向きになるきっかけとなりました。ごうちゃんを理解してもらうため、私の実家の父母と隣に住む義母それぞれに、この三冊をプレゼントしました。

実家の父母は「一人で抱え込まないで。できるだけ長生きして手伝うから。」と言ってくれました。また義母はそれから毎日、朝からごうちゃんのミルクをあげてくれるようになり、私の負担を軽くするように努めてくれました。ごうちゃんは全身の筋力が弱いのでミルクの飲みも悪く一時間かかっても五十ＣＣくらいしか飲めません。そして飲んだ後のゲップがなかなか出ないので、抱っこして背中をたたきゲップをさせるために長時間を費やしました。また力（りき）む力が弱いので排便もなかなかできず、お腹や肛門の周りのマッサージが必要でした。泣くにも腹筋が必要なので、お腹が空いて目が覚めても泣いて知らせることができず、静かに涙を流していたということも数知れずありました。「夜中に気が付かずミルクをあげないと脱水症になる！」と医師には注意されました。

また感染症に弱いので風邪を引くとあっという間に重症化して、すぐに入院ということに度々なりました（二歳までに八回入院しています）。おかげさまで持病はなかったため、成長もゆっくりながら比較的順調でした。何にもまして、その天使の笑みは私たち家族の大きな支えとなったのです。

義母は隣に住んでいて、ごうちゃんが赤ちゃんの時から今でも毎日手伝ってくれています。ごうちゃんを大好きなばあばです。

## No.７　えほん文庫のオープン準備

私が前向きになったもうひとつのきっかけになったのは、本との出会いと共に読み聞か

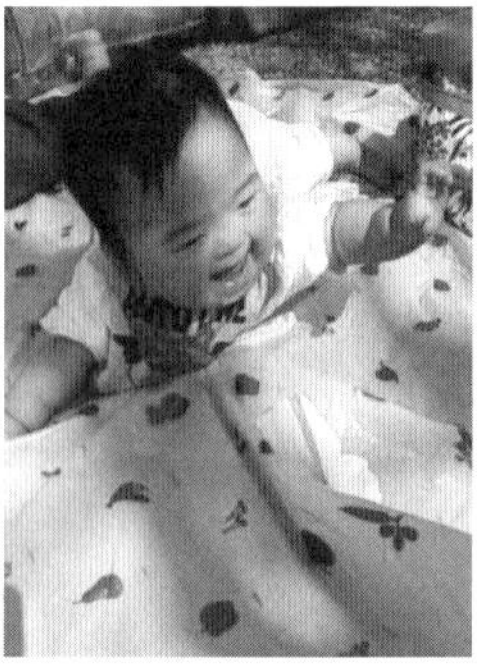

せの先輩であり仲間でもある祐子さんの一言でした。

ごうちゃんのことで頭がいっぱいだった私に、お祝いを持って訪ねてきてくれた祐子さんが「えほん文庫は、秋に開くんだよね?」と言ったのです。

「あっ！そうだった！」私がハッと我に返った瞬間でした。

祐子さんは「まずは、購入する絵本のリストを作ってね！」と具体的に指示してくれました。産後の私の身体を気遣いながら「無理はしなくていいよ」とも言ってくれました。

出産と共に新築の家が完成、その三か月後にはえほん文庫をオープンする約束をしていて、祐子さんが代表を務める「この本だいすきの会　浜松支部」のおはなし会の活動場所になる予定だったのです。「約束してた・・・」と思い出し、それからごうちゃんが寝ている時間は購入本のリスト作りを始めました。私にとって、それは久しぶりに楽しいと感じる時間になりました。

その頃のごうちゃんは相変わらずミルクの飲みが悪いながらも、少しずつ大きくなっていました。長女や長男は乳児期に熱を出したことはなく健康に過ごせたのですが、ごうちゃんは感染症には弱く、生後一か月で熱を出してしまい、病院に行くと即入院。細菌性の髄膜炎でした。

また「生後二か月になったら、浜松市発達医療総合福祉センター友愛のさと診療所に電

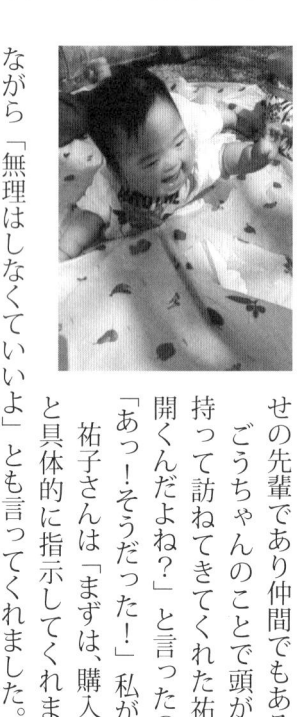

話して！」と医師から言われていたので、さっそく電話したところ「初診はかなり混んでいますから二か月待ちです」と言われてしまい、そんなに混んでいるなんて知らなかったのでびっくりでした。

そして「友愛のさと」との長いお付き合いが始まったのです。

## No.8　ごうちゃんは私から夫へのプレゼント

ごうちゃんが生まれ、「友愛のさと」に初めて足を踏み入れた時、なんだか悲しい気持ちになりました。

ごうちゃんは四か月になっていたので、ごうちゃんの障がいについて受け入れができていたはずなのですが、いざ施設に行ってみたら「本当なんだ・・・」とやっと現実的になったからでしょうか？

最初にまず相談窓口の方との面談を一時間したのですが、応接間に通された夫は開口一番に「ごうきの父です。」と挨拶をしました。その瞬間に（この人は、ちゃんと受け止めている）とはっきりわかった気がしました。

実は三人目のごうちゃんは私から夫へのプレゼントにするつもりでした。お互いに結婚も遅く、第一子から高齢出産ぎりぎりだったので八歳も離れているごうちゃんは当然四十代の出産です。四十歳を過ぎた頃、人生の折り返し地点に立った気がして、やり残したことはないか？　と考えた時に、もう一人子どもがほしい！　と強く思ったのです。それは第一子を授かる前に三人の赤ちゃんを流産していたことが影響していたのかもしれません。

　出産四日目にダウン症の疑いの告知を受けて、その後気持ちが納まるまで、私には沢山の時間が必要でした。でも夫は一貫して終始落ち着いていた気がします。自分のことで精いっぱいだった私とは対照的だった気もします。

「ごうちゃんはプレゼントのつもりだった」と話す私に、夫が「ありがとう」と言ってくれたのも、私にとって大きな救いとなりました。

# 二〇〇七年

## えほん文庫の誕生

　えほん文庫のオープンが目標になった私には泣いている暇もなく、ごうちゃんが寝ている時間はとにかく絵本の注文リスト作りに励むことになりました。

オープンの日が近づくにつれ、多くのお友だちが手伝いにいらっしゃる日が増えていきました。オープンの前日には友人の桂子さんも駆けつけ、夜遅くまで手伝ってくださいました。また桂子さんの娘さんは、えほん文庫の看板を一晩で描きあげたうえに、貸し出しカードやお楽しみカードも作成してくださったのでした。

二〇〇七年十一月十七日、ついにえほん文庫オープン記念イベントの日を迎えました。イベントでは、祐子さんが代表を務めるこの本だいすきの会浜松支部「どおんどんの会」の仲間の皆さんによるおはなし会と、夫の仲間たちによるアカペラコンサートや語りの会を開催しました。

二か月という短期間でオープンにこぎつけたのは、多くの友人・知人の方々が、サポートしてくださったおかげです。

夜に開催した夫の友人たちによるアカペラコンサートを聞きながら、えほん文庫の大黒柱をライトアップした光を見つめて、なんともいえない感慨を覚えました。ごうちゃんを抱っこしながら、この日を迎えることができたことを多くの方々に感謝する気持ちでいっぱいになりました。

## 利用者が少ないえほん文庫

オープニングイベントの翌月からは絵本の貸し出しも始めたのですが、オープン当初は

宣伝もしていなかったため、オープン時間になってもどなたもいらっしゃらないこともしばしばでした。

その頃は、祐子さんと仲間の良枝さんが手伝いにいらしてくださっていたので、三人で絵本についての話に花を咲かせることが楽しみでした。

定期的に開いてくださったおはなし会も、開始時間になってもどなたもいらっしゃらない日もあり、お友だちに連絡して来てもらい、一組の貸し切りのおはなし会を楽しんでいただいたこともありました。

八年目の現在、祐子さんは再びご主人の転勤で東京に戻られていますが、この本だいすきの会によるおはなし会は今も定期的に続いています。お客様が増えて、駐車場の誘導も大変なので、予約制にさせていただいています。この頃は毎回ご予約いただいたお客様で賑わうおはなし会ができているため嬉しく思っています。

仲間の皆さんによりこのえほん文庫を支えていただき、今まで続けられる礎が作られたことに、心から感謝しています。

# 二〇〇八年

## 新聞掲載をきっかけに

二〇〇八年秋に、えほん文庫の一周年を記念して開いたイベントの取材を受けたことで、その新聞記事を読んだおばあちゃまから一本の電話が入りました。

それまでは、口コミだけで続けていたえほん文庫でしたが、初めて取材をお願いしたのはどうしてだったのか？　多分、このような反響があることを待っていたのだと思います。

おばあちゃまが電話口で声を振り絞るようにおっしゃった言葉は「三日前に生まれた孫のAちゃんにダウン症の疑いがあるんです」でした。そしてこのお電話によって、私は自ら情報を発信することの大事さも初めて知ることになりました。

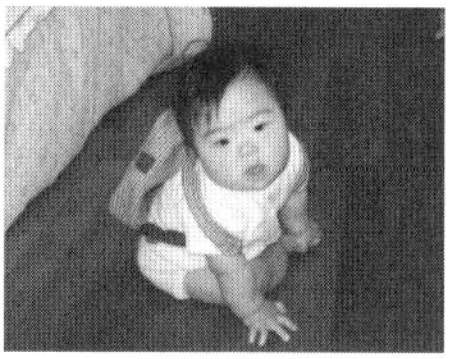

お電話をくださったAちゃんのおばあちゃまは、すぐに涙でお話ができなくなり早々に電話を切られてしまったのですが、電話番号が表示されていたため、それを急いで控えておきました。それからずっと気にかかっていて、一か月くらいたった頃、思い切って電話をかけてみました。

そして再び、Aちゃんのおばあちゃまとお話しすることができました。

この一か月で検査結果が出て、やはりダウン症だったということを教

えてくださったので「良かったら、ごうちゃんに会いに来てください。」と申し上げたところ、少し遠方だったのですが、わざわざ訪ねてきてくださいました。そして、一歳のごうちゃんの様子を見ていただきながらお話をしました。

赤ちゃんとそのママさんを心配するおばあちゃまとの交流は、そこから始まりました。おばあちゃまの孫のAちゃんとママさんを、ごうちゃんと一緒に訪ねたこともありました。

それから七年。ありがたいことに、交流は現在も続いています。私を信頼してくださるおばあちゃまの存在は、私の活動の励みともなっています。

## 夫も参加の「親子ランチ交流会」

グループ療育を受けたり、「静岡ダウン症児の将来を考える会・浜松グループ」に入会したことで、私には同じ悩みをもつママのお友だちが増えました。しかし夫は相談したり悩みを聞いてもらえるような友だち作りをする機会がありません。そこで「夫にパパ友を作りたい！」との思いで、えほん文庫にて週末に親子ランチ交流会を開くことを考えました。

グループ療育から卒業された親子さんたちにも会いたいし、同級生を中心に集まりたいね！というみんなの思いもあり、ちょうど良いタイミングでした。

夫は他のダウン症のあるお子さんに会うような機会が他になかったため、日曜日に行なったこの会が良いきっかけになったことと思います。そして何より、パパたちが積極的にこの会に参加してくれたことが嬉しく思われました。八年経った今も、この会は不定期に続いていて、その時その時の悩みを相談し、支え合う仲間になっています。

## 二〇一〇年

### 市長賞をＷ受賞！「障がい者の兄弟の作文」

浜松こども園の前理事長先生の長年の夢であった事業として、障がい者の兄弟の作文を募集し、これに長女と長男がごうちゃんのことを書いた作文を応募し、思いがけず市長賞をダブル受賞することができました。当時、小学校四年生と一年生だった二人がごうちゃんが生まれたことで感じたことを率直に書いた作文で

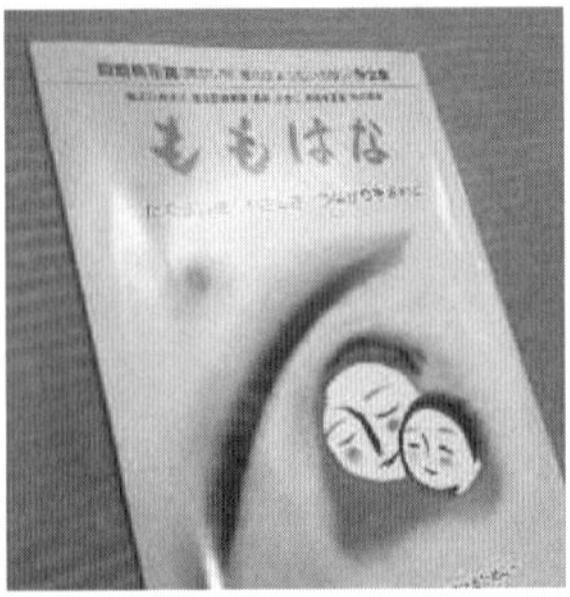


す。

長女は小学校四年生の時に書いた作文に、「弟の剛輝は世界に平和をもたらすために生まれてきたと思う」と綴りました。実は剛輝という名前は長女が名付け親です。なかなか家族全員の賛成が得られなくて、決まりかねていた名前をある時、「ごうき！」とひらめいた長女の案に誰も反対がなく、決めることができた名前。長女にとっては、弟に対して、特別な想いがあるのだと思います。

小学校一年生になったばかりの長男は、当時習っていた少林寺拳法について、弟を守るために強くなりたいから頑張っていると綴りました。

私にとっても感慨深い作文集『ももはな』には、浜松こども園の前理事長先生の荒岡憲正先生が大好きだった花の花桃にちなんで、障がい者やその家族の暮らしを優しい桃の花で染め上げるような共生社会を実現したい！　との思いが込められています。

私はいつか、えほん文庫で（ダウン症に関わらず）障がいのある子どもの兄弟の会を立ち上げたいと夢みています。

兄弟たちの苦悩は、同じ境遇の兄弟でなくてはわかり合えないことがあると思います。長女と長男が成長して、そのような会の中心になって活動してくれたら嬉しいと願っています。

## えほん文庫で、講座やコンサートを

オープン当初、利用者の少なかったえほん文庫の最初の転機になったのは、お友だちの紹介で近所で開かれていた「めぐみ助産院」主催の赤ちゃん会に参加したことでした。ごうちゃんを連れて一人で外出することにはまだまだ抵抗がありましたが、その時は思い切って参加しました。事前に長女のお友だちのママさんから「めぐみ助産院」の田島先生に連絡を入れておいていただいたことも心強かったのだと思います。

その時に「もしよろしかったら、近くにえほん文庫を開いたので赤ちゃん会の会場として使ってください！」と申し出たところとても喜んでいただき、次の開催日からえほん文庫に多くの赤ちゃん連れのママさんたちが集まるようになったのです。

その後、この会に参加されたママさんたちにリクエストをいただき、クラフトレッスンなどの講座を開催するようになっていくきっかけになりました。それからのえほん文庫は、多くのママさんたちが講師になったり、受講者になったりと、子育て中だからこそできることを実現できる場にしてほしいと願いながら活動を続けています。

## 繋がりが広がっていく

えほん文庫を開くためにお話を聞かせていただいた「たつのこ文庫」の野嶋さんが情報誌にご紹介くださったことで、今までえほん文庫を知り得なかった方たちが、えほん文庫が掲載された情報誌を片手に訪ねて来てくださることが多くなりました。

障がいのあるなしに関わらずご利用いただきたい！　という私の想いを発信したことで、同じ想いを持つママさんたちがえほん文庫に集うようになったのです。

この頃に出会った美智代さんとのご縁は、私が想いを社会に向けて発信していく大きなきっかけになりました。

美智代さんが「ブログを始めて、自分の想いを発信するように」と勧めてくださったことで、その後私はブログを始め、そこからえほん文庫の情報を得て、訪ねて来てくださる方が増えるようになっていくのです。

美智代さんが聖隷クリストファー大学内で関わっていた「子育て支援ひろば　たっくん」のママサポーターになったこと、そしてサポートとおはなし会を担当したことで、学生さんたちと交流する機会に恵まれました。

将来、言語療法士として活躍される学生さんたちに、私はえほん文庫のお手伝いをお願いするようになりました。そして、ダウン症のある親子ランチ交流会に学生さんたちが参加されるようになったのは、この後まもなくのことでした。実習の経験豊富な学生さんたちから「ママさんたちとじっくりといろいろお話をしたい」とのお申し出をいただいたことから実現したことでした。

この頃、一緒に子育て支援ひろばに関わっていた遊びの玉手箱の松井先生から「えほん文庫は、前例のない子育て支援の新しいカタチとして注目されるようになるはず」と言われ、私にはそのような自覚も覚悟もなかったため、本当に驚きました。しかしこの言葉に支えられ、その後の活動を広げていくこととなりました。

# 二〇一一年

## えほん文庫のオリジナルイラスト

当時、えほん文庫の案内チラシは私の手書きでした。イベント案内も手書きで作成していて、挿絵があるといいなと思い、コレクションしているハンコを押して作成していた時でした。ある時、えほん文庫にいらしたママさんとお話していたら「ブログ」というものをしている、とお聞きしました。当時、私は「ブログ」というものを知らず、何だろう？

と思いながら、お聞きしたブログ名で検索したところ、かわいいオリジナルのブタさんのキャラクターが描かれていて、驚きました。

そのママさんは、「るっこら」というペンネームでブログを綴っていたのです。そして私は「えほん文庫のチラシなどに使えるようなイラストを描いてもらいたい」と思ったのです。

そこで、次にいらした時にえほん文庫のオリジナルイラストの作成をお願いしました。そうしたら「私で良かったら描きますよ」とありがたいお返事をいただいたのです。その後、あっという間に十点以上のイラストを描いて届けてくださいました。

それからは、えほん文庫のブログや案内チラシなどに活用させていただいています。えほん文庫のイメージを定着させてくださった大事なイラスト集で、私の宝物です。

この本の表紙と挿絵も、るっこらさんにお願いしました。

## ママたちの「絆」、チャリティコンサートの開催

二〇一一年三月十一日。東日本大震災が起こり、震源地から離れている場所に住んでい

ても、心落ち着かない日々を過ごしていた時のことです。

近くに住んでいた元：聖隷クリストファー大学准教授（現：音楽と全人教育研究所所長）の店村眞知子先生に「えほん文庫で演奏会を開いて、募金を集めましょう。」とのご提案をいただき、他にも出演者を募ったところ、予想以上の反響をいただきました。

相談した美智代さんから「えほん文庫で開催するより会場を借りて開催するほうがよい」との提案があり、えほん文庫の常連だったママたちで実行委員会を急きょ結成しました。そして、実行委員を中心に自分たちでも何かできることをしたいとの想いで、新たに、ママフラガールズを結成、新たなメンバーも募集し、短期間で練習を重ね、笑顔を届けよう！と舞台に立ちました。

発案から三週間後の四月十七日に、東日本大震災復興支援イベント「絆～つなげよう未来の日本の子ども達へ」を聖隷クリストファー大学の大教室をお借りして開催。集まった人たちは三百名あまり、寄付金は三十万円ほどを集めることができました。

ママたちの力を結集したら大きなことが実現できることを実感した出来事になりました。

## 子ども図書館との関わり

イトーヨーカドー浜松宮竹店内にあった子ども図書館の閉館が二〇〇九年に決まり、継

承先が決まらないとの新聞記事を目にして、いてもたってもいられない衝動に駆られました。子ども図書館は憧れの場所であったのに、今まで一度も行ったことがなかったのでどうしても行きたい気持ちを抑えられず、閉館三日前に伺ったのです。

実際に行ってみると、予想以上の素敵な空間にときめきました。そして、ごうちゃんが絵本の沢山ある空間で水を得た魚のように生き生きとしている姿を見て、「将来ごうちゃんは、絵本のある場所が居場所となる」との確信を得たのです。

そして、今しかチャンスはない！との思いから、受付のスタッフさんに「私がこの子ども図書館をまるごと継承したい。」と申し出たのです。

スタッフさんは予想以上に驚かれた様子でしたが、とても親切な対応をしてくださって、子ども図書館応援団の方をご紹介くださいました。

応援団の方は、「八千冊ある絵本がほしいのですか？」と聞かれました。私は「スタッフさんこそ財産です。私はスタッフさんと絵本すべてまるごとを継承したいんです。」と答えました。

しかし、公の継承先を探しているので、個人には継承できないとの回答でした。

話はそれで終わるはずだったのですが、「継承はできないけれど、話を伺いたい。」と後日応援団の方々が四～五名でえほん文庫にいらっしゃることになりました。私は絵本や書架がほしいのではなく、スタッフさんをまるごと受け入れたい旨、繰り返しお話しました。

このことをきっかけに、子ども図書館を運営していた童話屋の田中社長さんと知り合うことができ、その後、えほん文庫でおはなし会をしてくださることになりました。えほん文庫五周年のイベントでは、奥様で翻訳家の「みらいななさん」にもお越しいただき、翻訳された『葉っぱのフレディ』(レオ・バスカーリア(作)、島田 光雄(絵)、みらい なな(訳)、童話屋) の朗読やお話もしていただく機会に恵まれました。

その後、継承先が決まらなかった指人形やおはなし組み木の数々をえほん文庫にご寄付いただき、今ではえほん文庫から皆様に貸し出しさせていただいています。そして、子ども図書館応援団の有志で結成された「パタポンはままつ」には、私もメンバーの一人として加えていただきました。それから年に一回はえほん文庫でおはなし会を開催しています。

あの日、勇気を出して声をかけたことが、絵本が好きな仲間との出会いにもなりました。

# 二〇一二年

## やらまいか！　あしながママ2012を開催

前年に東日本大震災の復興支援のために始めた「ママたちのママたちによるチャリティコンサート」の、二回目を開催しました。するとさらに多くの協力者を得て、当日は、五百名以上の参加があり、三十万円を超す寄付金を集めることができました。

その後、毎年、年に一回は、えほん文庫にてチャリティイベントを開催しています。今後も、できる限り、復興支援を続けていきたいと思っています。

## 先輩ママたちとの交流

「静岡ダウン症児の将来を考える会・浜松グループ」の乳幼児部ひまわりの例会は、月に一回、毎回違うテーマで開催されています。

ある時のテーマは「就園について」でした。その年の四月に入園したばかりのごうちゃんの母として、私も参加させていただいた時のことです。先輩ママたちの、それぞれの幼稚園や保育園や療育施設での現在の様子をお聞きしたあと、顧問で来てくださっている大先輩のママさんたち三人のお話を伺いました。

すでに成人しているダウン症のあるお子さんのママさんが、まだ赤ちゃんを抱っこしているママたちに「そんなに不幸なことじゃないよ。ちゃんと、育つよ」と力強く話されました。

また、別のママさんは「二十数年前とは社会の受け入れが変わってきているから大丈夫」とのこと。そしてその二十数年前の状況を話してくださったのです。

ダウン症のあるわが子の心臓病の治療を望んだところ、主治医の先生は手術を勧めず、「いったい、この子をどうしたいの？」と逆に質問を返したそうです。そのママさんは「大人にしたいんです」と答えました。放っておけば二、三歳しか生きられないことを知っていての主治医の発言にそのママさんは身震いしたそうです。

「とにかく紹介状を書いてください。」と先生に強く希望して、心臓病の手術を静岡市の県立子ども病院で受けられたそうです。おかげで命をとりとめたその子は、今では二十歳過ぎのかわいい女性に育っています。

ダウン症の場合は早期療育（治療やリハビリ）が効果的であることがわかってきています。しかし病院（医師）によっては療育を勧めない先生もいらっしゃいます。そしてその考え方を信じてしまう親御さんもいらっしゃるのです。同じ境遇の子を持つ親がお互いに情報交換をして、励まし合う場が継続していくことを心から願っています。

# 二〇一三年

## ごうちゃん、ディズニーランドとスカイツリーに行く

長男が青年会議所主催の小学生対象のわんぱく相撲の、静岡大会に出場し入賞。そしてさらに両国国技館で開催の全国大会に出場した夏、家族で東京まで応援に出かけました。その帰りに、東京ディズニーランドとスカイツリーに寄ってきた時のことです。

ディズニーランドには、療育手帳を持ったお子さまとその家族の方たちのためのゲストアシスタントカードというサービスが用意されていました。ディズニーランドのアトラクション入り口でスタッフに申し出て、入場時間の指定をもらうことができるのです。

ごうちゃんは歩けるようになったけれど、足の裏の土踏まずが機能していなかったので、すぐに疲れて「抱っこ〜！」となるため、係員に申し出て『ベビーカーを車いす代わりに使っ

ています。』という目印を付けてもらうことができました。するとアトラクションによっては、ベビーカーごと入れていただけるような配慮のあるサービスも受けられました。

体温調節がうまくできないごうちゃんですが、猛暑のなか、このサービスを受けることによって、体調を崩すことなく楽しんでくることができたのでした。

私はごうちゃんのためにあるサービスは、使わせていただきたいと思っています。障がいのある人たちにとって、優しい施設が増えていくことを願っています。

ディズニーランドの帰りに東京スカイツリーにも寄りましたが、こちらも入場料の割引が受けられ、なんだか、社会から励まされているような温かい思いを感じて、嬉しくなる旅行になりました。

## 出生前診断を考える

近くの厨房付きの貸しスペースをお借りして、二〇一三年に始めた「えほん文庫カフェ」というクッキング講座に、ある時あるご夫婦（Nさんご夫妻）が訪ねてこられた時のエピソードです。

聖隷浜松病院（産科外来）の待合室に置いてあった、えほん文庫五周年記念イベントのチラシ、その最後の一枚を手に取ったのがきっかけだったようです。すでにイベントは終了していたのですが、えほん文庫の外観の写真が載っていたチラシを見て、「通りがかりに見たことがある建物だ。」と興味を持ち、インターネットで検索して、えほん文庫について知ったようでした。Nさんは妊娠中でしたが、気遣うように付き添っていらしたパパが優しそうなことが印象的でした。

講座が終わる頃にそのご夫妻が「実は、由実さんにご相談があって来たんです。」と切り出され、出生前診断を受けるかどうかで悩んでいるという心情をお聞きしました。通っている病院では赤ちゃんに何らかの障がいの可能性があるようなので、出生前診断をして出産後の万が一に備えておきたいとのご提案があったようでした。

私はダウン症のあるごうちゃんのことしか、お話してあげることができません。そのため、私自身が出生前診断を受けなかったことで、ごうちゃんに障がいがあることがわからず出産し、子育てをしてきて幸せだという事実をお話しさせていただきました。

私たち夫婦は出生前診断を受けるかどうかの選択には「受けない」という結論を出して、出産に臨みました。だから夫は、ごうちゃんにダウン症という障がいがあることを告げられた時にも動じることなく「どんな子が生まれても、大事に育てる」と約束したからと受け入れてくれたのでした。

出生前診断で、もし陽性反応があった場合、その決断は容易なことではないと思います。このご相談があった時も、このような私の気持ちを率直にお話しました。

その後、病院と何度も話し合いをしてきたNさんご夫妻は、診断は受けずに出産に臨むことを決めたようでした。そして、出産されたNさんから「赤ちゃんには18トリソミーという障がいがありました」というメールをいただくことになりました。それから、しばらく入院生活をされましたが、その頃、えほん文庫に立ち寄られた時に、入院中に撮りためた写真のアルバムを持参されてお話してくださったことがありました。

その赤ちゃんがとてもかわいく、そして家族みんなが笑顔でおさまっている写真に安堵することができました。引き続き、時々メールをくださっていたので、近況は、継続してお聞きし、赤ちゃんが一歳を過ぎる頃には、在宅医療で育てることになったという報告をいただきました。

そしてNさんの赤ちゃんが二歳になった頃に「遊びにいらっしゃいませんか？」というメールをいただいたのです。

訪れたNさんの新築の素敵なおうちのリビングの真ん中には、ベッドが置いてありました。赤ちゃんは気管切開をしていて、酸素を吸入している状態で眠っていました。家族の真ん中で見守られ、あたたかい優しさに包まれているように寝ている赤ちゃんにお会いしてみて、赤ちゃんが家族に安らぎを与えているように感じました。命の重さは、障がいのあるなしには関係ないのだと確信することにもなりました。

Nさんが一日赤ちゃんのお世話をしていると、気持ちが塞ぐこともあるのではないか？何か私にできることはないだろうかと考えてみましたが、すぐにはいい考えが浮かばず、その日は帰宅しました。

後日、えほん文庫のママサポーターさんたちの集いでNさんの赤ちゃんについてお話しした時に、サポーターさんたちが「ママさんの気持ちが晴れるよう、お話を聞くことしかできないけれど、訪問したい。」と申し出てくださる方が多くいらして、そのことをNさんにも伝えたところ、とても喜んでくださいました。

三つの大きな機械と管がつながっている赤ちゃんは外出が困難です。そのため出かけるのは三か月に一度の検診のみで、あとは訪問看護と往診をお願いしているようでした。ママも自分の時間をとったほうがいい！　そう感じた私たちは、看護士さんが訪問してくれている時間に外出を勧め、また、サポーターさんたちが時々遊びに行くことで、話し相手になりたいと考えました。

そしてNさんとの出会いが、その後すぐにえほん文庫で始めることになった「在宅医療で子育てしていたママに会える場所」にご参加いただくという巡りあわせの機会となりました。

## さまざまな子ども同士のふれあいを求めて

現在、新型出生前診断ができるようになり、陽性反応の見られた際にはかなりの割合で中絶をされるとのデータを拝見しました。いろいろな情報や知識が得られないと、どう考え、どう判断して良いのか判らないものだと思います。

ダウン症のある息子を授かった私にできることは、あるがままを受け入れ、育てている現状をお話することだと思っているので、これからもその思いを胸に活動していこうと思っています。

巻末の「えほん文庫のコンセプト」にも明記したように、私は幼い頃から障がいのあるなしに関係なく触れ合うことで、社会に出てから自然にお互いに支え合うことができるのだと信じています。

そして、えほん文庫の活動を通じて気づいたことは、その想いは私だけの願いではないということでした。

ある時、親戚の赤ちゃんがダウン症と診断されたとおっしゃるママさんが「どんな障がいなのか？教えてほしい！」とのご相談でおみえになりました。そしてそれから、ご自分の2歳になるお子さんと共に、足繁くえほん文庫に通ってくださって、ダウン症のあるお友達と一緒に遊ばせることを自然と試みられたのです。

子どもには、先入観や偏見がありません。だから、お互いに仲良く遊ぶ姿が見られ、ママ同士の交流も自然にできるようになり、私としてもとても嬉しい光景を見ることができました。

「障がいのあるなしに関係なく、えほん文庫を利用していただきたい！」との想いが実ってきたと感じる一場面となりました。

共に支え合う社会作りは、障がいのある子を持つ親にとってだけでなく、健常の子を持つ親にとっても願いであることを知り、今までの自分の視野の狭さを反省することにもなりました。

## 大先輩からの手助け

テレビの取材を受けて、その番組が放送された時のことです。

この放映をきっかけに、ある開館日に訪ねてくださった方がいらっしゃいました。玄関のドアを開けると、六十代くらいのおばさまが姿勢を正して「なんでもしますので、お手伝いさせてください。」とおっしゃるのです。テレビの放映でえほん文庫のことを知ったと話され、初対面なのに私も遠慮なくいろいろとお手伝いいただきました。

そして帰りがけにお礼を申し上げた時のことです。「私の弟がダウン症でした。」とそのおばさまがおっしゃったのです。

その言葉を聞いたとたんに、タイムスリップしたように感じました。五十年後の長女の姿が重なり、胸が熱くなりました。

ダウン症のある子どもを育てている私のことを知って、いてもたってもいられなくなり、訪ねてくださったのだと思われました。五十年後、私の長女もダウン症のあるお子さんを育てている方の手助けを、さりげなくしているのでしょうか？

思春期にさしかかっていた娘の子育ては大変だと感じていた頃だったので、「思いやりのある優しい人に育つことは、確信できることだから、安心してね。」と、時空を超えて言っていただいたように感じた出会いになりました。

## 冊子『わが子がダウン症と告知された87人の「声」』への投稿

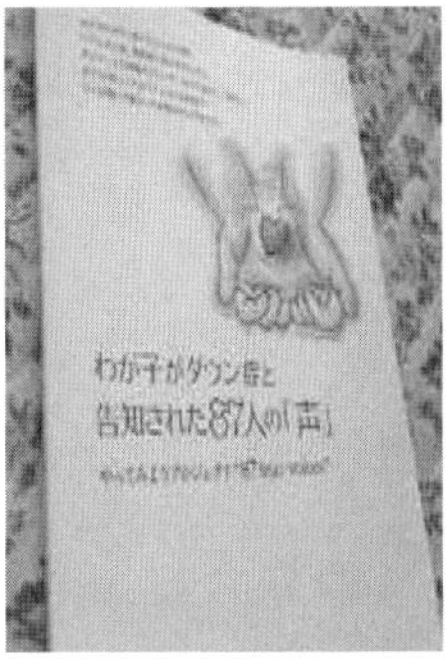


ある時、ダウン症の告知に関する冊子作成のために記事を募集していることを知り、手記を急いで仕上げて投稿しました。

この冊子は香川県在住のダウン症のある赤ちゃんママたちが呼びかけて作成したもので、二週間の募集期間にも関わらず日本全国、また海外赴任されている方からも手記が寄せられたとのことでした。

完成した手記はえほん文庫でも販売協力させていただき、多くの冊子を浜松の皆様に、お渡しすることができました（現在は完売となり増刷の予定なし）。

そして、お世話になっていた医師にお渡しした際に、「これは全国の方から寄せられた手記ですが、この地域に根ざした希望の持てる冊子があるといいですね。」とのご感想をいただきました。

そのことが、ダウン症のある赤ちゃんを授かったご両親が希望の持てるリーフレットを作りたい！　という、また一つの夢が芽生えるきっかけになりました。

## リーフレット自費制作の動機～ある赤ちゃんママとの出逢い

リーフレットを作りたいという夢がなかなか現実に動き出せずにいた時のこと、お一人の若いママさんが悩みを抱えているご様子でえほん文庫を訪ねていらっしゃいました。

お話を伺ったところ、生後四か月のダウン症のある赤ちゃんで心臓の手術をして経過観察のためにまだ入院中だけれど、もうじき退院するとのことでした。

心が重いのは、赤ちゃんのパパさんがわが子の障がいについて受け入れることができず、今は別居状態であるとのことでした。パパさんは、赤ちゃんを見ること、ましてや抱っこすることもできないため、ママさんは赤ちゃんと実家に帰っていて、夕飯を作るためにママさんだけ自宅に夕方帰るという生活をしているようでした。

赤ちゃんの心臓手術に関しても、パパさんは反対していたそうですが、病院側から強く勧められたことで、なんとか手術することに同意したとのことでした。

そのママさんのことを気がかりに思いながら、一か月くらい経った頃、再びえほん文庫にいらしてくれました。一緒に連れていらっしゃるとばかり思っていた赤ちゃんを連れていなかったことが不自然に思え、「退院したんですよね」とお尋ねした私に、写真の入った小さなアルバムを差し出されました。そこには、お宮詣りの素敵なお召し物をまとったかわいい赤ちゃんを抱っこしているパパさんの写真がありました。

「ああ、お宮参りなんですね」と言った私に対して、ママさんが返した言葉に耳を疑うことになりました。「赤ちゃんが亡くなってから着せたんです。」とのお返事でした。

こんなに哀しいことがあるのかしらと、本当に心が痛みました。でも、ママさんは以前よりは明るい表情で「赤ちゃんが亡くなってから、私と赤ちゃんに申し訳ないことをしたとパパが謝ってくれました。赤ちゃんのおかげで二人は成長することができたのです。ようやく、本当の家族になれました。」とおっしゃったのです。そして、「これからは大丈夫です」ともおっしゃいました。

赤ちゃんの寿命は決まっていたのかもしれません。でも、この五か月を家族で支え合い、あたたかい家族になることもできたはずです。パパさんが理解し受け入れてくれていたら、と思うと残念でなりませんでした。

このことは私がいつか作ろうと思っていたダウン症のリーフレット作成へと突き動かす原動力になりました。ダウン症のある赤ちゃんを授かったばかりのご両親に、希望の持てるリーフレットを手渡したい。私が告知を受けたあの夜に、希望の持てるようなリーフレットがあったら、あれほど悲しまずに前向きにとらえることができたのではないかと考えたのです。

このことから、友人の美智代さんや、貼り絵作家のなかやゆかりさんとご主人のご協力を得て、リーフレット作成の話を急ピッチに進めることになりました。

後日、ママさんから「受け入れられない自分を責め、赤ちゃんの未来の幸せを考えていたからこそ、パパは苦しんでいたのです。少しでも理解できていたらと・・・。」とのメールをいただきました。

二人が思いをお互いにぶつけ合い、理解し合うには、もう少し時間が必要だったのだと思います。

## リーフレット表紙の貼り絵について

なかやさんの新作の貼り絵（二〇一四年版のカレンダー）を見せていただいていた時に、一つの作品の絵と題名に目が釘付けになりました。

それは、二〇一四年五月のカレンダーの絵で、ママに抱っこされている赤ちゃんがママのほっぺを触って笑っている絵でした。その題名は『お母さんはボクだけの天使』でした。

今まで、ダウン症のある赤ちゃんのことを笑顔の天使といったり、ダウン症のある赤ちゃんの写真展を主催した時には、赤ちゃんたちのことを笑顔の天使と呼ぶつもりで題名にしていました。しかし、なかやさんの貼り絵の題名ではお母さんのことを『(ボクだけの)天使』と呼んでいたのです。

なにかがストンと胸に落ちたように思えた瞬間でした。赤ちゃんにとってはママが天使だったんだ。無二の愛を与えてくれる、唯一無二の存在であるママ。ダウン症があるなしに関わらず、すべてのママに当てはまることでした。ママである私が笑顔でいなくっちゃと思えた瞬間でもありました。

表紙の貼り絵の制作からデザイン、レイアウト、入稿までのすべてを、なかやさんがご主人と一緒にボランティアで手伝ってくださったことに、心から感謝しております。

## リーフレットの表紙貼り絵に寄せる想い

天使からの贈り物
~ダウン症のある赤ちゃんを授かって~

お母さん、思い出してください。
初めてわが子を抱いた時の、その重みを、
匂いを、ちっちゃな手でほっぺをぐにゅっ
とつかまれたあの感触を。
子どもたち忘れないでください。
大きな手に、ぎゅっと抱きしめられた時

のあのあたたかさを、見守る笑顔を、どこか触れているだけで安心だったことを。
どのお母さんも子どもにとっては、ボク（私）だけの天使、無条件に愛をくれる天使、笑顔の天使

貼り絵作家、「ちいさなからし種工房」主宰　なかやゆかり

## 二〇一四年

### リーフレットの完成

二〇一四年一月、入稿完了した時、私はパソコンの前で万歳して叫びました。なんだか一つの大きな事業をやり遂げた気持ちでいっぱいになり、子どもたちに向かって「ママは遺したよ〜。」と叫んでいました。紙の質についてもいろいろ相談に乗っていただいていちばんリーズナブルなタイプに決めたのですが、リーフレットは本格的な仕上がりになりました。完成すると二〇一四年二月二十一日（金）に静岡新聞に掲載されました。

その後、多くのパパとママが、このリーフレットを片手に握りしめながら、えほん文庫

# ダウン症の育児経験もとに冊子

## 「子どもは笑顔の天使」

北区・大村さん

浜松市北区三方原町の自宅で親子向け図書館「えほん文庫」を開いている大村由実さんが、ダウン症の子どもを授かった家族のためのリーフレット「天使からの贈り物」を作製した。

ダウン症の次男剛輝君（6）が生まれた直後、医師から告知を受けた際にすべきことが分からず困惑した経験から、同じ立場の家族に育児の手掛かりにしてほしいと考えた。

ダウン症の疑いがあることが分かってから受け入れて前向きになるまでの心境を振り返ったコラムを掲載。前向きになるきっかけになった米国人作家の詩、利用した療育機関も紹介している。

「ご家族へ」と題したメッセージで「家族みんなが一心に育ちを見守って絆が強くなった」とこれまでの育児を振り返った大村さん。「子どもは笑顔の天使。大事に育ててほしい」と話している。

わんぱくキッズクリニック（同区）や浜松医療センター（中区）などで入手できる。市内の小児科や産婦人科の病院に順次配布する予定。問い合わせは大村さん〈電０５３（４３９）３８１０〉へ。

ダウン症の子どもを授かった家族のために作製したリーフレット＝浜松市北区

静岡新聞社 2014 年 2 月 21 日掲載

を訪ねてくださることになりました。

こんな素敵なリーフレットに仕上がって、本当に本当に嬉しく思っています。そしてこのリーフレットの制作の全体をサポートしてくださった美智代さんをはじめ、手伝ってくださった多くの方々に心から感謝しています。

わが家のごうちゃんは、私のほっぺをニコニコして触ってくれることがよくあるから、もしかしたら、私のことを天使だと思っているのかなあ？

そう考えたら、これからも子育て頑張れそうです。

### 九十歳の関先生からのお手紙

この年の六月に、ある新聞の県内版に「えほん文庫」のことが取り上げられました。そして、その記事を読んだ伊豆に住む九十歳の方から十一枚にも及ぶ長い長いお手紙をいただいたのです。とても達筆で私には読めない部分もあったため、母に協力してもらい読み進めました。お手紙をくださった関先生は、なんと日本（東京）で初めてダウン症のある子どもたちのための学級を作るために奔走し、初めての学級担任になられた先生でした。

ダウン症のある赤ちゃんはずっと昔から生まれていたと思います。日本では知的障がいのある子は教育免除という制度により学校に入ることができず、ついこの前の時代まで家庭内でお世話してきた現実があったことは伝え聞いていました。

この現実を変えたのは、このお手紙をくださった関先生をはじめとする心優しい教育者の方々のおかげだったのだと改めて身近に感じることになりました。当時、各家庭で保育されていたダウン症のあるお子さんを十二人集めて、初めての学級が誕生したことが書かれていました。

小学校の先生で校長職もされた関先生は、ご高齢にも関わらず「あれから四十～五十年経っているので解決された問題もあるでしょうが、新しい出生前診断も始まり、新たな課題もあるでしょうから、ご一緒に考えていきましょう。相談に乗りますよ。」との力強い言葉をくださいました。

本当にありがたく、今この時代に生まれたおかげで、当たり前のように学校で教育が受けられる幸せをかみしめました。

ごうちゃんが入学した小学校は、視覚特別支援学校です。入学式に出席した時に、これからごうちゃんは教育を受けられる、ここまで無事に育ったという安堵と感慨に浸ったことを思い出しました。

また、ちょっと前の時代（二十年前）には、心臓に疾患があっても、手術を勧められないことも多かったそうです。ダウン症を始めとする染色体異常の赤ちゃんは延命する必要がないと医師たちは医学校で教えられたそうです。そのせいで、よっぽどの親の強い意志がなければ手術を受けられなかったというのです。このような医学を教えられたために、その名残で現在も残念ながらダウン症のある赤ちゃんに療育を勧めない医師がいらっしゃるということをお聞きしました。また反対に、療育に大変理解がある先生方もいらっしゃるのです。

現在、多くの先達のお力のおかげで、障がいのある子どもたちも就学可能な制度ができているのだと心から感謝したいと思います。

関先生のお手紙に「いちばん大変だったことは、親が障がいのある子を外に出さないことだった。」とありました。ダウン症のある子どもは家庭で教育（幽閉）されていた時代だったのです。その当時だったら、学校に行ったり、レストランで食事をするなんて、あり得ない行為だったのかと思うと、ごうちゃんの生まれた今の時代を築いてくださった方々に感謝します。これからの時代、障がいのある人もない人も共に生きる社会へ一歩一歩、歩みを進めるためにも、ごうちゃんを今日も外に連れていこうと思います。

お手紙をくださった関先生は、東京から地元の伊豆へ戻って過ごされているようでしたので、その年の夏休みにごうちゃんを連れて家族で会いに行ってきました。

今、当たり前のように教育を受けられる社会を切り開いてくださった関先生にどうしても直接お礼が言いたい！　と思ったからです。

お会いした関先生は、お手紙の文面通り、誠実で熱心にお話してくださいました。九十歳になられても、かくしゃくとされており、ごうきの今後について真剣にお話くださったことをありがたく思いました。

関先生は「特別支援学校で学んでいる場合は、特に、色々な人と交流を図ることが大事で、それは親の責任である。子どもたちは、やがて社会へと出て行くのだから、それを受け入れてくれる環境を作っておかなくてはならない。」とおっしゃっています。

その後も、関先生との交流は続いています。

## 祖父母世代の想い

ある時、赤ちゃんのMちゃんを連れたママさんが「手術が終わり、やっと外出許可が出たので、真っ先にえほん文庫に来ました。」と興奮した面持ちでおっしゃいました。

えほん文庫を知ったきっかけは、上のお子さんが通っていた子育て支援ひろばの先生からパンフレットをもらったことだったそうです。先生がとても親身になって親子を心配し、えほん文庫の紹介もしてくださったことを感謝したいと思いました。

わが子と同じ障がいを持っていることで、はじめからとても親近感を感じてお話をさせていただいたのですが、少し気持ちが塞いでいるようでした。伺ってみると、孫のMちゃんにダウン症があることを遠方に住むパパさんの実家に告げたところ、「名字を変えてくれてもいい。」と提案されたようなのです。

Mちゃんママは気丈にも、赤ちゃんの障がいを受け止めただけでなく、「○○家には障がいのある子はいないことにしたい」という理由で、実の母親に名字を変えることを促されたパパさんの心情を察し、パパさんも支えていました。その様子を伺って、私はMちゃんママの器の大きさに感動したのです。

## Mちゃんママのその後

それから、Mちゃんママはえほん文庫によくいらしてくださるようになり、お話しする機会が増えていきました。その後、パパのご実家を訪ねたお話を伺い、合点がいったことがありました。

私は関先生からのお手紙にて、ほんの少し前の時代に障がいのある子どもが家庭内に幽閉されていた話をお聞きしたことから、もしかしたらMちゃんパパの親世代には、障がいのある人に対する偏見もあったのでは？　と考えるようになっていました。きっと何かこれまでの人生経験が、実の息子に対する心ない言葉「名字を変えてもいい」につながったのでは？　と思われました。

里帰りしたMちゃんと対面したご両親は、これまでの態度を一変させて、快く孫として受け入れてくれたそうです。

私も、自分の息子の障がいを受け入れることは、自分の中の偏見との戦いだったように思います。ましてや私たちの親世代にとって、障がいを受け入れることは容易なことではないのだという現実を知ることになりました。

でも、だからこそ、これからの社会を変えていくためにも、私たちが小さな一歩を踏み出さなくてはいけない！との想いを強くする出来事にもなりました。

## いっちゃんママとの出会い

ある時、初めていらしたママさんが、「一週間前に、娘がお空に旅立ちました。」とおっしゃって、「えほん文庫のお手伝いをしたい！」と、ママサポーターに登録してくださいました。まだまだ現実を受け止めることができない時期だったと思いますが、多分、お一人で家にいることも辛かったのでは、と思われました。

お子さまのいっちゃんは13トリソミーのある赤ちゃんで、入院も長かったのですが、在宅医療で子育てする期間もおありになったそうです。いっちゃんへの想いを何か行動に移したいという想いも強く持っていらっしゃったので、微力ながら、応援させていただきたいと思いました。

お子さんに旅立たれたママさんたちの集いを開き、気兼ねなくおしゃべりできる場を作りたいという夢を持ち続けていたいっちゃんママは、その後、新しい命を授かりました。そして元気な男の子のママになった後も引き続きママサポーターとして、お手伝いくださっていました。でも、いっちゃんを授かったことで何かしたいというお気持ちは変わらずお持ちだったので、新しい会を開くために、少し背中を押させていただきました。

この頃から、いっちゃんママだけでなく、お子さまをお空に見送られたママさんがえほん文庫にいらっしゃる機会が増えてきていました。そのママさんたちにも協力していただいて、新しい集いを始めることにいたしました。

「いっちゃんからの贈り物～在宅医療で子育てしていたママに会える場所」を、二〇一五年六月にスタート。これからも、いっちゃんママ・パパの想いを応援させていただきたいと思っています。

車椅子の「ロッテ」のメッセージ

# 共生願い 育児グッズ

オランダの作家ディック・ブルーナさんの絵本に登場する車椅子の女の子「ロッテ」などをモチーフにした育児グッズが、障害者とその家族から反響を呼んでいる。脳性まひの長女とダウン症の長男を持つ都内の母親が考案した。物語から伝わる「障害のある子もない子も共に生きよう」というメッセージを広めたい―。彼女の思いに共感した浜松市内のダウン症の子の母親が、グッズの普及に力を入れている。

## 浜松・大村さん 普及に力

こち女 Women's CHOICE

ロッテが登場する絵本「ちいさなロッテ」（講談社、品切れで重版未定）は、車椅子に乗ったロッテがボール遊びの輪に加わったことで、遊びがさらに盛り上がる物語。日本ダウン症協会理事の水戸川真由美さん(55)が「物語のように、互いを認めながら共存できる優しい社会をつくるため、ロッテにナビゲート役になってほしい」と願ってグッズ化を発案した。賛同した都内の子ども服メーカー「ブーフーウー」が昨年10月、障害者手帳が入るパスケースなどを製品化。子ども服など19商品を販売している。

水戸川さんに共感した浜松市北区三方原町の大村由実さんは、自宅で主宰するミニ図書館「えほん文庫」で昨年11月から、県内で唯一グッズを販売する。

自身も、ダウン症のある次男剛輝君(7)の障害者手帳をロッテのケースに入れて持ち歩く。「わが子の障害を

静岡新聞社 2015 年 4 月 16 日掲載

# 二〇一五年

## ごうちゃんと共にバリアフリーグッズの販売を

『わが子がダウン症と告知された87人の「声」』という冊子がご縁で、つながることができた水戸川さんのフェイスブック記事で、ミッフィーちゃんでおなじみのディック・ブルーナさんのデザインによるバリアフリーグッズが完成したことを知りました。

かねてから、ディック・ブルーナさんの絵本やグッズのファンだった私は、この企画を応援したい気持ちでいっぱいになりました。そこで、企画の産みの親でプロジェクトマネージャーであ

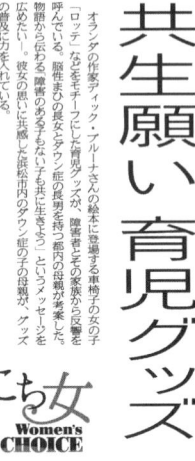

る水戸川さんに販売のお手伝いをしたいと申し出たところ、「ぜひ、えほん文庫で扱ってください」とのご許可をいただき、静岡県での取扱店の第一号になりました。このことは二〇一五年四月十六日（木）に静岡新聞夕刊に掲載されました。

そして、ごうちゃんと一緒に小さな一歩を踏み出すべく、イベントに出店しようと思ったことをブログに書きました。そうしたところ、あるママさんから、その日、一緒に同行したいとお申し出をいただきました。ご自分のお二人のお子さまたちに、ダウン症のある子どもと触れ合う機会を作りたいとお考えになったようでした。

イベント当日は、ごうちゃんは子ども同士で楽しく過ごし、私も多くの新しい出会いに恵まれることになりました。

えほん文庫を飛び出して出店する機会をこれからも作り、ごうちゃんとの二人三脚を楽しみたいと思っています。この小さな一歩を踏み出したことで、さらに、大きなつながりを得て、共に生きる社会へ近づいていている想いがしています。

## 今の想い

まだ、ごうちゃんを授かる前のことです。長女が通っていた小学校の参観会で、偶然目にした光景を今でも忘れることができません。

三階の教室の窓際で授業参観していた私は、ふと窓の下を見下ろし、校庭で授業をしている特別支援学級の親子さんたちに、目が留まりました。体育の授業だったのでしょうか？おおぜいの親子さんたちが円になって活動していました。その時、ふと私も、あのあたたかな輪のなかに入りたいと強く思ったのです。ずっと忘れていたのですが、何年か前に思い出し、長男にそのことを話すと、「な～んだ。ごうちゃんに障がいがあることはママが願ったことだったんじゃないかぁ。」と言われて初めて、私の願いが叶っていることに驚きました。

ごうちゃんにダウン症という障がいがあることが青天の霹靂だったと、告知を受けた場面で書きましたが、実は私が願ったことだったのかもしれません。

今、えほん文庫には障がいのあるお子さんのママも、健常のお子さんのママもいらして、わけ隔てない交流をしています。まさに、私が願った光景そのものなのです。

その輪のなかの一人としてここに居ることを、私は心から嬉しく、幸せに感じています。そして、今日もお子さまのことで悩みを抱えているママさんがいらっしゃって、お話ししてくださることで、少しでも心が軽くなるといいなと思っています。

えほん文庫という存在が子育て中のママたちの心の拠り所になりますように、これからもごうちゃんと共にゆっくり歩んでいきたいと思っています。

# 第二部

# エッセイ・コラム集

## ダウン症のある赤ちゃん

二〇一三年三月のある日のこと、その日は上の子どもの用事で伺った病院の待合室で、なんとなく引き寄せられて、赤ちゃんを抱っこしているママさんの横に座っていました。

お顔が見えないようにカバーをしていた（寝ているから？）ので、なんだかとても気になっていたら、ママさんが私に見えるようにお顔にかけていたカバーをはずしてくれました。

鼻にはチューブ（酸素？）が固定されていましたが、かわいい赤ちゃんで、思わず「かわいい」と言ってしまったほどでした。

顔つきからダウン症のある赤ちゃんだなってわかったのですが、それ以上言葉をつなぐことができませんでした。

ごうちゃんが赤ちゃんの頃に見知らぬ方からよく「何か月？」と声をかけられました。発達がゆっくりなダウン症の場合は、月齢を答えることで健常児ではないことをさらしてしまうことになるので、そんな時はとても哀しい気持ちになったものです。それを思い出したので、なんと話しかけたらお友だちになれるかと思いを巡らせているうちに、そのママさんが呼ばれて診察室に入られてしまいました。それ以上はお話することができず、残念な気持ちが残りました。

後悔した私は、診察を終えてから主治医の先生にご相談し、その病院の事務局長さんを

ご紹介いただき、えほん文庫のチラシを待合室に置かせていただくようお願いしました。事務局長さんはとてもご理解があり、「チラシも置けるし、ポスターも貼れますよ。」とおっしゃってくださいました。

今度また、そのママさんと再会できたら、そっと「大丈夫。大丈夫。」って言ってあげたいです。

私に限らず、そういうママさんたちには相談できる人と巡り合われることを切に願っています。えほん文庫にいらしていただき、沢山の心優しい方々と交流していただき、みんなで赤ちゃんの成長を見守っていきたいのです。

写真は、私の誕生日をカラオケで過ごした時のものです。ごうちゃんも順番を守って、好きな歌をいっぱい歌いました。ゆっくりですが、心身共に成長して、今では家族みんなを支えてくれる存在になっています。

## 流産のこと

私自身は、結婚して長女を授かる前に二回流産をしています。初めての妊娠、そして流産の時（六～七週目）には、生まれて三十一年間、この世にこんな哀しみがあるということに気が付かずに生きてきたことに本当に驚き、哀しみに打ちひしがれる日々を過ごしました。二度目の妊娠でも喜びもつかの間、やはり七週目くらいで双子の赤ちゃんがお腹のなかで亡くなっていることがわかり、手術をしました。

えほん文庫には、お子さんの発達のことでのご相談もありますが、赤ちゃんに旅立たれたご経験のあるママさんも多くいらっしゃっています。流産の経験とは比べられませんが、えほん文庫を開いている私に何かできることがあるとしたら、お話を伺うこと、同じような体験をされた方同士をお引き合わせすることなのではないか？　との想いでいます。

えほん文庫では、発達の心配のあるお子さんと親御さんがいつでも気軽にいらしていただけるようにと願っています。

お話を伺うことくらいしかできませんが、絵本の沢山ある空間でゆっくりしていってほしいと思っています。

## 『たったひとつのたからもの──息子・秋雪との六年』と小学生の子どもたちへのメッセージ

長男が小学校の高学年になった時のことです。クラスの担任の先生から、道徳の授業で、『たったひとつのたからもの──息子・秋雪との六年』（加藤浩美（著）、文藝春秋）を取り上げるので、最後に読む子どもたちへのメッセージを書いてほしいと頼まれました。

『たったひとつのたからもの─息子・秋雪との六年』は、ダウン症である秋雪くんが精いっぱい生きた六年間を、カメラマンであるお母さんが写真と文章で綴った本です。数年前の保険会社の「幸せな瞬間」をテーマにしたＣＭで話題になったので、記憶にある方もいらっしゃると思います。

ごうちゃんが生まれる直前にテレビドラマ化もされていて（私は、放送は見なかったのですが）ごうちゃんが生後６か月くらいの時に、お友だちのママから本をお借りして読み、ビデオ化されていた作品は、レンタルで借りて家族で見たのです。

まだまだ、息子がダウン症ということを受け入れきれずにいた私にとって、私は一人じゃないということを実感できたように思います。

その思い入れのある作品を長男のクラスで取り上げることになったのは、白費出版された『わが子がダウン症と告知された87人の「声」』という手記を、先生に夏休み前にお渡ししたことがきっかけになったのかなと思います。

そして、突然に私に子どもたちへのメッセージの依頼がありました。でも一週間くらい前に長男から「もしかして、メッセージを先生から頼まれるから、もう書き始めたほうがいい。」って予告があり、子どもたちに向けて、ダウン症について書くのは初めてでしたが、想いを綴ってみました。

私が子どもの頃にダウン症について学ぶ機会があったなら、「赤ちゃんにダウン症の疑いがある」と告げられた時の受け止め方は全く違っていたはずだと思います。私がごうちゃんを授かった意味を感じながら、与えられたチャンスだと思って、想いをまとめたメッセージを授業では、担任の先生が朗読してくださいました。

## コラム

### どうして絵本なの？

私が絵本と出会ったのは幼少の頃でしたが、絵本の魅力に気づいたのは二十代半ばのことでした。

語り公演で、上演する次の題材探しをしていた私が、絵本にも題材を求めていた時に出会った『わすれられないおくりもの』（スーザン・バーレイ（作・絵）、小川仁央（訳）、評論社）に心をとらえられた想いになったのです。

ちょうど祖母が他界した頃のことでした。命について語られているこの絵本を読んだことで、心の整理ができたのです。その経験から、絵本は子どもだけのものではなく、大人にとってもダイレクトに作者の想いを心に響かせることができるものだということを知りました。絵本の持つチカラに気づいたことが、絵本を中心とした交流の場を始めようと思ったきっかけになりました。

## なぜ、ワークショップをするの？

えほん文庫で初めての集いは「赤ちゃん会」でした。その後、「資格は取ったけれど教えたことはないので教える練習がしたい」とお友だちからの相談があって始めた講座を皮切りに、次々と講師のお申し出をいただいたり、利用者のご要望に応えるべく講座の数々が生まれていきました。

これからもえほん文庫は子育て中のママさんの持っているチカラを生かす場であり、子育て中だからこそ楽しめる場でありたいと思っています。

子育て中のママさんに楽しんでいただける講座や集いを企画、存続していくことは、私にとって、やりがいのある仕事となっています。えほん文庫に来たことをきっかけに、絵本を手にする機会が増え、絵本の魅力に気づいて、子どもたちに読んであげるママさんが増えることを願っています。

## ママサポーターさんの誕生

えほん文庫は私一人で始めましたが、数年前からママサポーターさんがお手伝いくださるようになりました。現在は十名以上のママさんが登録してくださって、準備作業や貸出日のサポートをしてくださっています。サポートをしている立場からご意見やアドバイスをいただくことで、ママさんたちが過ごしやすく利用しやすい場に、日々改善していこうと思っています。

今後は、ママサポーターさん主体の会を立ち上げるなどして、子育て中のママさんたちが積極的にママさんたち自身のために企画運営する交流の場として存続していくことを望んでいます。

## ボランティアということ

えほん文庫を始める時に、夫から「えほん文庫は、ボランティアでしていくことで、それ以上でも、それ以下でもない」と言われました。その言葉に支えられ、これまでボランティアであることを誇りに思い、運営してきました。

読み聞かせボランティアを始める前には、年上の友人であり、読み聞かせの大先輩である桂子さんから「ボランティアだからこそ、約束を守るなどの真摯できちんとした対応をしなければならない」という教えをいただき、ボランティアの心得を肝に銘じてきました。

多くの学生さんたちとも関わってきたこの八年ですが、えほん文庫でボランティア精神の基本を教わったという声をお聞きすることが度々あり、嬉しく感じています。

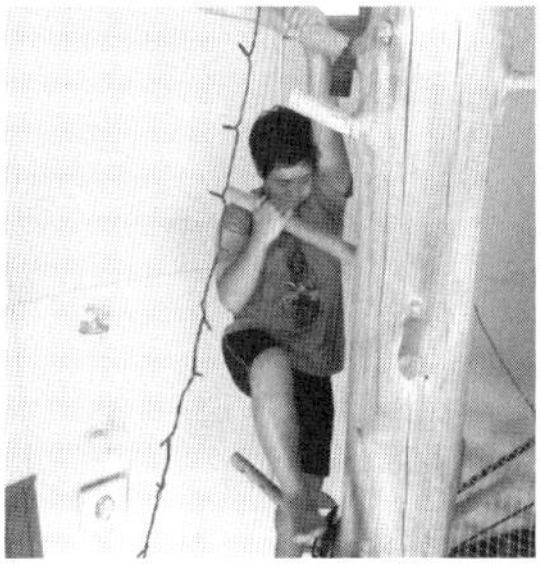

## えほん文庫のシンボルツリーがパワースポット⁉

八年前、自宅新築のために、遠州森町からヒノキを切り出す日には家族で出掛け、その切り出し作業のお手伝いをさせていただきました。まっすぐに太く十メートル上まで伸びた立派な幹のヒノキは珍しいらしく、我が家の大黒柱として、とても頼もしく感じました。

枝付きのまま切り出し運んでいただくことで、大変ご苦労をおかけしましたが、おかげさまで、息子は、木登りも楽しむことができています。えほん文庫をパワースポットと言ってくださる方が多くいらっしゃるのは、このヒノキの恩恵なのだと思います。

えほん文庫の活動が、枝葉を広げ高く遠くまで、私の想いが多くの方に届くように、見守ってくれているのかもしれません。

## えほん文庫のコンセプト

えほん文庫は障がいのあるなしに関わらず、ご利用いただける家庭文庫（ミニ図書館）です。子育てを孤独にしないためのママ

さんたちの繋がる場所でもあります。

私は高校生、中学生、小学生の三児の母です。二人目までは、ママ友を気軽に作れないことが悩みの種でした。ところが三番目に生まれた子どもがダウン症という障がいを持って生まれてきたために、障がいや病気を抱えた沢山の仲間と繋がることができました。障がいがあるからゆえに敷居が高いと感じられる場所があることも知りました。

えほん文庫は、多くの悩めるママさんたちのために気兼ねなく話ができる居場所を提供しています。一人でも多くのママさんが心安らぐ場所として利用していただけたら嬉しく思います。障がいのあるお子さんに、だからこそ心優しいママさんに、ご理解・ご協力いただけますようにと願っています。

障がいのある仲間との触れ合いは、健常な子どもたちにとって、自分が生きる（生かされている）意味を知る、大切な機会になることと思っています。

# 今後の夢

今回の出版は、ここ数年来の夢でした！　その夢をカタチにして叶えることができたことを、本当に心から幸せに感じています。この本を出版することで、これからさらに多くの方とつながっていけることを夢みています。

そして、他にも夢はいくつもあって、

・幼稚園年長～小学校低学年向けのお子様向けに、ダウン症のある子との関わり方などを、子どもたちにわかりやすく伝える絵本を作成したい。

・障がい児も健常児も関係なく、一緒に集える放課後支援の場として、えほん文庫を利用していただきたい。

・お勧めの絵本を販売する、小さな絵本ショップを持ちたい！　そこで、ゆっくりしていただけるように、カフェも併設できたらいいな。

などなど、一つの夢が叶うと、また次の夢が芽生え、それを叶えるために、一直線に突き進んでしまうのが私です。このような私を抱えた家族は苦労するかな？　と思いますが、性分なので、自分でも止めることができないのです。

これからも、ゆっくり、でも着実に夢に向かって歩いて行こうと思っています。

## 障がいは一つの特性

今年の夏、中学生の女の子から、お手紙をいただきました。

夏休みに、一人一人テーマを決めて社会見学をする宿題があるようで、幼い頃に通っていたえほん文庫に取材に行くことにしたとのことでした。

久しぶりに、お会いした女の子は、しっかりとした考えをお持ちの中学生に成長していました。そして、さまざまな質問をされ、一通りの取材の後にいただいたお礼状には、私の話したことでいちばん印象に残ったことは、障がいについての質問だったとありました。

私は、人にはそれぞれいろいろな特性があるわけだから、世の中に障がいってないと思うと答えたのでした。中学生のお手紙には、そのことに驚き、感銘を受けたとありました。

これは、八年間かかって考えた私なりに自分を納得させるための考え方でもありました。障がい、特性は、個性ととらえ、共に支え合い生きる社会が実現できますように。えほん文庫という小さな空間から、今日も優しい未来を夢見ています。

## 著者プロフィール

浜松市生まれ、浜松市在住の主婦。高校を卒業後、銀行に七年間勤続。退職後、演劇を基礎から学ぶ。一年後に卒業。静岡市を中心に活動する〟一人芝居・朗読グループ〝朗演エトピリカに参加。十年在籍。

結婚、出産、子育てをするなかで、自宅新築を機に自宅の一部を開放して、二〇〇七年十一月に〝絵本を中心とした地域の交流の場〟を目指して『えほん文庫』をオープン。無料で絵本（蔵書千八百冊）の貸し出しやおはなし会、ピアノコンサート、アカペラコンサートなどの音楽会・イベントを企画、開催。二〇〇七年八月生まれの、第三子のごうちゃんがダウン症という障がいを持っているため、障がいのあるなしに関わらず、いろいろな方たちの利用を勧める。

## 著者の最近の活動

・えほん文庫主宰（二〇〇七年十一月オープン）
　自宅の一部を開放して絵本の貸出をしている家庭文庫（蔵書千八百冊）
子育て中のママのための様々な講座「オムツはずし講座」「親子造形教室」「親子英語教室」「クッキング教室」さらに無料でご参加いただける「おはなし会」「在宅医療の会」「赤ちゃん会」「アラフォーママの会」など、および「ピアノコンサート」「音楽療法コンサート」などを開催しています。
静岡県浜松市北区三方原町二一六〇ノ一　電話〇五三（四三九）三八一〇
ホームページ　http://www.ehonbunko.jp/　ブログ　http://ehonbunko.hamazo.tv/

・東日本大震災復興支援「やらまいか！あしながママ」実行委員長。
・この本だいすきの会　本部・浜松支部　会員。
・聖隷クリストファー大学　子ども福祉学部にて「絵本について」年に一回講義。
・保育園・幼稚園・小学校・中学校・書店・図書館・特別支援学校などで、おはなし会の経験多数。
・語り手としても活動を再開。

# おわりに

## 父母のもとに生まれて

私の幼少の頃の記憶をたどってみたら、実家の和室で母が友人のアートフラリーの先生をお呼びして、ママ友たちを七～八名集めて、講座を開いている様子が思い出されます。レッスンが終わると注文のお弁当を配り、ランチ会をしていました。私たち、子どももお弁当を頼んでもらっていて、それを食べることが楽しみでした。母は洋服をデザインしたり作ったりすることができ、刺繍も上手でした。それが縁で頼まれて、近所の娘さんたちにボランティアで刺繍を教えていて、私も娘さんたちに混じって刺繍らしきことをしていた記憶があります。

一方、父は本業の仕事とは別に、自宅に隣接している道場で、週に二日、夜に格闘技を若者たちに教えていました。はじめはボランティアで教えていましたが、生徒さんたちから月謝をとってほしいといわれて、少しいただくことにしたようでした。現在、父は八十代ですが、仕事も格闘技もずっと現役で続けています。

この父母から生まれ育てられた私だから、えほん文庫での活動は、とても自然で無理なく始められ、続けていられるのだと、この頃になって気づきました。反発ばかりしてきた私ですが、この父母のもとに生まれた私だから、自宅を開放して家庭文庫を開くという発想が生まれたのだと思います。本書を執筆しながら、改めてこのことを実感できました。

## 自分探しを続けて

一つ年上の兄が宇宙に対して憧れ、猛然と夢に向かって進んでいる姿を十代の頃から近くに感じながら、自分には何ができるのか？　何をしたいのか、その答えを探してきました。

思えば、私はずっと、自分は何のために生まれてきたのか？　自問自答を繰り返しても答えを見つけられずにもがいてきました。中学校では、点字クラブに入ったこと。社会人になってから手話講座を受講したこと。障がい者と健常者で作るミュージカルのオーディションを受けたこと。視覚障がいのある方のための録音図書作りを勉強、出張朗読を経験したこと。一人芝居を始めてからは、定期公演の他に障がい者施設や高齢者施設で上演させていただいたこと。これらすべてがつながっていて、自分が役に立てる場所を必死に探していたのだと思います。

障がいのあるなしに関わらず、子育て中の仲間のママの役に立ちたい。長い時間をかけて探してきた自分の生きる意味が、八年前にごうちゃんを授かったこと、えほん文庫を始めたことでわかりはじめました。そして、生きがいを感じることができるようになり、私は私でいることが楽になりました。

私だからできること。これからも、多くの方に支えられながら実現していきたいと思っています。これからも、誠実に人生と向き合いながら、家族と共に生きていきます。共に支え合う社会の一員として、微力ながら全力を尽くしたいと思っています。

## 家族になって

「ママは、家族がこのメンバーで良かったね！」と、長女によく言われます。

家族の一人一人が個性的だと思っていましたが、思い込んだら一直線な私がいちばん個性が強いのかもしれません。

ダウン症のある赤ちゃんを授かった時に、天に向かって「かしこまりました！」と言った当時八歳だった長女は、高校生になりました。これまで、ごうちゃんに優しく、なおかつ厳しく躾をしてくれたことに、感謝しています。そして、ボランティア精神旺盛な人に育ちました。

また、ごうちゃんが大好きで、一緒にいっぱい遊んでくれた長男は中学生になりました。いつも変わらず、ごうちゃんに対する愛情をいっぱい注いでくれる頼もしいお兄ちゃん。小学校一年生の時に市長賞をいただいた作文に、「弟を守るために強くなりたい！」と綴った想いを、そのまま持ち続けているようです。

長女も長男も、絵本をいっぱい読んで育ったためか？　ごうちゃんと共に育ったためか？　想像力の豊かな、思いやりのある子に育ちました。支えてくれる夫の存在に感謝しつつ、三人の子どもがそれぞれに自立する日のために、今日も子育てに励みます！

結婚して二十年近く、思い込んだら一直線の私に付き合ってくれて、えほん文庫の活動も陰から応援してくれた夫に、感謝しかありません。私を理解してくれる夫に出逢えたことが、家族の物語の始まりになったのですね。

実家の両親、夫の母、そして親戚をはじめ友人知人の皆様に支えられ、今日があることに、心から感謝しています。この本を出版することで、これまでさまざまな応援をしてくださった多くの方々にも、感謝の想いを伝えられたらと思っています。

## 自費出版しようと思った理由

五年前にブログを始めて、いろいろと日々の想いを発信するようになってまもなくの頃、ダウン症と告知を受けてから、自分が前向きに歩き始める過程を書きとどめておきたいと思い、書き綴っていました。そして、それを、本というカタチにして残したい！と思ったのは、三年くらい前のことでした。

ある出版社に、原稿をお渡ししたのですが、無謀なことだったようで、お返事もありませんでした。その後、二年前に香川の射場さんが声をかけて、自費出版した手記冊子『わが子がダウン症と告知された87人の「声」』を、えほん文庫で広める活動のお手伝いをしていた時のことです。射場さんに、「私もいつか本を出版したい！」と話すと、「出版社から出版するのは、ハードル高いのでは？」と言われ、「そうだ！　自費出版すればいいんだ！」と気づかされたのです。

そして、『わが子がダウン症と告知された87人の「声」』が全国的に話題になり、在庫が少なくなっていた時に、えほん文庫で仕入れた冊子が最後の冊子になっていた頃のことです。ある地方の新聞で、手記冊子のことが取り上げられ、問い合わせ先として、えほん文庫のファックス番号が掲載された日。申し込みの電話は朝六時から夜中まで、途切れることなく鳴り続けたのでした。そして、完売した後にも次から次へと電話は入り続けたのです。この電話を通じて、意外にもインターネットを使っていない方が何人もいらっしゃるという事実を知りました。ブログで発信していれば、情報は届くはずだと思っていた自分の考えの至らなさも知らされました。

手記冊子を広める活動をお手伝いさせていただいて、「書店で手に入れることはできないのですか？」という声も聞き、私が出版するとしたら、全国の書店や、インターネットでも注文できるようにしたいと思ったのです。

わが子がダウン症と告知を受けた私のできることは、その経験を伝えることだと思っています。仲間は、ここにいる！　とお伝えすることと、ダウン症のある子どもたちと関わっている多くの方に、親としての考えを聞いていただくことだと思います。

「八十七人もの人が、どうやって繋がったのですか？」と質問されたママさんは、すでに中学生になるダウン症のあるお子様を育てている方でした。近くに仲間はいないとのことで、多くの仲間がつながっていることに、本当に驚いていらっしゃいました。

八年前、私自身、わが子にダウン症の疑いがあると告知を受けた直後に、看護師さんから「ダウン症なら、仲間がたくさんいていいですね！」と言われたのですが、仲間はどこにいるのか？　どうしたら知り合えるのか？　インターネットを全く使っていなかった私にとって、知る由もなかったことでした。

これらのことが、本というカタチにして、想いを発信したいと思った理由です。そして、今回、静岡新聞社さんから出版し、インターネットからでも、全国の書店からでも注文いただけることになりました。

私をサポートしてくださった株式会社出版のススメ研究会の大庭有希子さんに心より感謝申し上げます。ゴールまで伴走して、夢をカタチにしてくださって、本当にありがとうございました！　また、発売元の静岡新聞社の庄田部長、並びに石垣さんにご尽力いただき、無事に出版することができましたことを、感謝申し上げます。

末筆ながら、本の校正にも協力してくれて、この二十年間、私を一番近くで応援してきてくれた夫に、感謝の気持ちを伝えたいと思います。

出逢ってから、今日まで本当にありがとう！　そして、これからもよろしくお願いします。私たち家族の一員として、ごうちゃんを授かって良かったね！

おわりに

## 天国の特別な子ども

会議が開かれました。
地球からはるか遠くで
“また次の赤ちゃん誕生の時間ですよ”
天においでになる神様に向かって　天使たちは言いました。
“この子は特別の赤ちゃんで　たくさんの愛情が必要でしょう。
この子の成長は　とてもゆっくりに見えるかもしれません。
もしかして　一人前になれないかもしれません。
だから　この子は下界で出会う人々に
とくに気をつけてもらわなければならないのです。
もしかして　この子の思うことは
なかなか分かってもらえないかもしれません。
何をやっても　うまくいかないかもしれません。
ですから私たちは　この子がどこに生まれるか
注意深く選ばなければならないのです。
この子の生涯が　しあわせなものとなるように
どうぞ神様　この子のためにすばらしい両親をさがしてあげてください。
神様のために特別な任務をひきうけてくれるような両親を。
その二人は　すぐには気がつかないかもしれません。
彼ら二人が自分たちに求められている特別な役割を。
けれども　天から授けられたこの子によって
ますます強い信仰と豊かな愛をいだくようになることでしょう。
やがて二人は　自分たちに与えられた特別の
神の思召しをさとるようになるでしょう。
神からおくられたこの子を育てることによって。
柔和でおだやかなこのとうとい授かりものこそ
天から授かった特別な子どもなのです“

Edna　Massimilla　作
（大江　祐子　訳）

長女が描いた
ごうちゃんのイラスト

うちの子育て　はっけよい！　ダウン症がなんのその!?
発行日　2015年11月8日
著者・発行者　大村　由実

発売元　静岡新聞社
〒422-8033
静岡市駿河区登呂3-1-1
電　話　054-284-1666
Fax.　054-284-8924

編集、DTP　株式会社 出版のススメ研究会
印刷、製本　図書印刷

ISBN978-4-7838-9919-8　C0036
定価はカバーに表示しています。
乱丁・落丁などの不良品はお取り替えいたします。